這一代的武林

《壹 決戰前夕》

張小花——著

【目錄 Contents】

第一章

鐵掌幫

小員警手伸出車窗外一指，順著他手指的方向，臨街的一道鐵門上掛著一個牌子，上面赫然寫著「鐵掌幫」三個字。中年員警也像吃了興奮劑一樣打閃，停車，兩個人飛快地下車來到鐵門前，目光各異地打量著那塊牌子。

市中心一條與主幹道比鄰的老商業街上，一輛三菱越野車徜徉在路中間走走停停。馬路並不寬，勉強只能供兩輛汽車會車，三菱後面的車等得光火，本想大鳴其笛，但車主們一看那耀眼的警用牌照，都理智地緘默了。

開車的是個中年員警，肩扛兩槓兩星的二級警督，坐在副駕駛座位上的，則是個看樣子剛過實習期的年輕人，同樣是一身警服，手裡拿著地圖東張西望在帶路，是以車開得跟人一樣也左顧右盼，遲遲疑疑的。

那中年員警瞅了一眼屁股後面的車龍，滿腦子問號道：「幹了十年刑警，這是我出的最莫名其妙的任務！也不知道局長是怎麼想的！」

「在那！」小員警這時興奮地叫了起來，同時手伸出車窗外一指道：「真的有這地方！」

順著他手指的方向，臨街的一道鐵門上掛著一個牌子，上面赫然寫著「鐵掌幫」三個字。

中年員警也像吃了興奮劑一樣打閃，停車，兩個人飛快地下車來到鐵門前，目光各異地打量著那塊牌子。

「沒想到真有鐵掌幫！」小員警眼神中有掩飾不住的新奇和好笑，「鐵掌水上飄不會真的住在這裡吧？」

中年員警瞪了他一眼，用力捶了幾下鐵門。

不一會兒工夫，兩扇鐵門中的一扇猛地被人打開，那人探出頭來道：「你們找誰？」

這人二十歲左右的年紀，單眼皮，高鼻梁，雖說樣貌不醜，可天生有種「泯滅於眾人矣」的氣質，是那種既然你可以隨便敲門，我也可以隨便冒出來的普通青年。

中年員警掏出證件打開道：「我們是市刑警隊的，我叫王宏祿，這是小李，有些事情想跟你瞭解一下。」

單眼皮的後生顯然一愣：「刑警隊？」

王宏祿道：「我們可以進去嗎？」

「哦，進來吧。」後生一閃身讓開了大門。

小李進來之後才發現，門後是一處寬敞的院子，而且居然有兩進兩出，院子北廳裡正圍了一桌老頭在劈裡啪啦地打麻將，東西兩邊的廂房門口則擺著兵器架，但架子都是空的。

單眼皮後生見小李的目光在北廳停留片刻，忙道：「哦，他們都是有老年證的。」

聽了這句此地無銀的解釋，小李和王宏祿交換了一個無奈的眼神。

後生把兩人領到東邊一間空屋裡坐下，王宏祿例行公事地道：「你也介紹一下自己吧。」

單眼皮後生兩手捂在襠前，站在當地老老實實道：「我叫王小軍，二十一歲。」

王宏祿笑了：「你別緊張，我們就是來瞭解一些情況，不是審訊。」

王小軍這才擦著汗，坐在邊上道：「沒怎麼跟員警打過交道，尤其是刑警隊的。」

小李拿出筆記本，看了一眼問道：「你們這個鐵掌幫……註冊的是民間協會？」

「呃對，你就把我們當成圍棋協會和象棋協會那種就行。」

小李道：「但作為一個幫會，你們還是會有幫主掌門這樣的職位吧？」

王小軍嚇了一跳道：「幫會？警察叔叔你可別害我，幫會不是早就被取締了嗎？」

王宏祿一笑道：「咱們誰也別打官腔，我們這次來調查不是針對你們鐵掌幫，小李這麼問主要是好奇。」

小李也道：「是的是的。」

王小軍這才長出一口氣道：「原來是這樣，不瞞兩位，我的正式身分是鐵掌幫幫主第四順位繼承人——」

他補充了一句，「跟英國的哈利王子一樣的。」

小李聽到這兒，不禁肅然起敬道：「原來是小王幫主。」

王小軍忙搖手解釋：「不是，是第四順位繼承人，不是第四代幫主，意思是說，除了我爺爺這個幫主，我爸、我大師兄和我小師妹以外，我排第五。」

王宏祿道：「也就是說，從形式上來說，鐵掌幫更像是武術協會或武館，你們平時也搞傳授武功、比武切磋這些活動嗎？」

「呃……」王小軍尷尬地道：「說實話很少，從我記事起就學過幾套拳，兩位要是想看，我這就換鞋去。」他腳上還趿著拖鞋。

王宏祿擺擺手：「咱們言歸正傳吧，我先給你看些照片。」

他從檔案袋裡倒出一堆照片，攤在桌子上，王小軍逐一翻看著，照片上是各式各樣的汽車，這些汽車無一例外地遭受了撞擊，有的在車頭，有的在車身，均是深刻的凹痕。

王小軍滿頭霧水道：「又有人砸日本車啦？」

小李道：「不全是日本車。」

王小軍愈發迷茫道：「你給我看這些幹什麼？」

王宏祿道：「你仔細看看這些凹痕的形狀像什麼？」

王小軍把幾張照片拿近，見那些凹痕的最深處形狀都不規則，周邊則有淺淺的指印，赫然竟像是被人用手掌拍上去的。

「這是……掌印？」王小軍納悶地嘟囔了一聲。

「知道我們為什麼來找你了吧？」小李道。

「就因為我們叫鐵掌幫？」王小軍哭笑不得道，「這要是屁股印，你們還不得去美國找鋼鐵俠去？」

小李言簡意賅道：「鋼鐵俠不存在，可鐵掌幫是存在的。」

王小軍激動地揮舞著手臂道：「什麼嘛，武俠小說看多了吧？你們可是人民保姆，這種怪力亂神的東西怎麼能相信呢。你們覺得世界上真有有這種本事的人存在嗎？」

小李臉一紅。

王宏祿又掏出一張照片道：「這個人你見過嗎？」

照片上人超不過三十歲的樣子，中分髮型，眉眼普通，王小軍端詳了一眼道：「從沒見過。」

他小心翼翼道：「這就是你們所說的嫌犯吧？」

王宏祿不置可否地道：「這案子目前被定性為毀壞他人財物，報案的是一個富二代，家裡開汽車修理廠，照片上的人叫齊飛，和富二代看上了同一個女孩，現在可以肯定的是，這些掌印都是他弄上去的，因為爭風吃醋而報復富二代，富二代家裡找人要把性質改成恐嚇勒索，上頭也很重視，聽那個女孩說，齊飛無意中說起他曾在鐵掌幫學過功夫，所以我們才來找你瞭解情況。」

王小軍拍著大腿道：「這人我壓根就沒見過！這個齊飛人呢？我要當面問問他！」

「失蹤了，我們也正在找他，可要說大肆發通緝令又不合適，所以我們現在也很頭痛。」

小李道：「怎麼不見鐵掌幫裡其他人？我們想見見你爺爺和你父親。」

王小軍攤著手道：「都不在本地，你們問也白問。幫主是我爺爺，我打小就跟著他，我都沒見過，這人就肯定不是我們鐵掌幫的，難道你們還信不過我？」

王宏祿道：「最後一個問題——據你所知，你爺爺或你父親有沒有照片上這種能力？」

王小軍痛心疾首道：「可別相信高手在民間那一套！現在人心浮躁，真的高手早就上各種綜藝節目去了！」

小李似笑非笑道：「這麼說，你是不相信你自己家傳的功夫？」

王小軍推心置腹道：「大家都是混口飯吃，你沒見我這兒都改成老年活動中心了嗎？」

這時，正屋有個老頭胳膊一抻，亮出個茶壺，朗聲喊道：「小軍，添壺水！」

王宏祿和小李交換了一個眼神，一起站了起來。

王宏祿順勢道：「那我們就告辭了，這是我的名片，有什麼線索隨時聯繫我。」

他無意中向北屋掃了一眼，背對著門口那人，有一頭烏黑亮麗的長髮，王宏祿一愣，王小軍忙道：「哦，那是王大爺的孫女，今兒老哥幾個三缺一，臨時拉她來湊數的。」

「不送！」

王宏祿和小李已經快步走到大門口，眼看就要出去了，小李忽然轉身道：「對了，我想問問貴幫現在一共有多少人？」

「呃……」王小軍老大不情願地說：「我剛才不是說了麼：我爺爺、我爸、我大師兄還有小師妹，當然，還有我。」

小李無語道：「鐵掌幫一共五個人，你是第四順位繼承人？」

王小軍趕人道：「兩位警官慢走。」

出了大門，王宏祿看了小李一眼道：「你覺得怎麼樣？」

小李笑嘻嘻道：「幫主不姓裘，很失望啊。」

王宏祿淡淡道：「早就知道會白跑一趟——走吧。」

小李正色道：「王哥，你說那些手掌印子是怎麼回事？」

王宏祿瞪了一眼道：「你不是聰明嗎？多動動腦子！」

小李邊開車門邊嘀咕道：「我看八成是用模子一類的東西刻上去的。」

兩個員警走後，王小軍飛快地跑去續水，背對門口的長髮飄飄男氣咻咻道：「王小軍，你怎麼滿嘴胡說八道，害得人頭也不敢回。」

男人長相秀氣，修長的指頭上夾著一根香菸，說起話細聲細氣，倒也有幾分別樣的風韻。

「你回頭他們也看不出來你是男的。」王小軍道。

「討厭！」長髮男衝王小軍一甩手。

王大爺接過水壺，眼盯著牌堆問：「警察找你什麼事兒啊？」

王小軍不平道：「您是看著我長大的，我有多大膽兒您還不知道？」

王大爺對面的李大爺打臉道：「小時候你跟我們家小五打架，半夜往我們家鎖頭裡塞棉繩的事兒你忘啦？」

王小軍陪笑道：「除了那破天荒的一遭，還被我爸打個半死，我還犯過什麼事啊？」

正對門口的張大爺點點頭：「嗯，還真沒別的。」

「對吧！」王小軍背著手在各人背後轉悠、看牌。

李大爺忽然道：「我說小軍，人家別的麻將室中午都管飯，你這兒什麼時候也能這樣啊？」

王大爺也道：「就是啊，這人一回家吃飽了就犯睏，就想躺著了，你這是自斷財路啊。」

王小軍無奈道：「我不是沒人手嗎，老幾位要是不嫌棄，我——」

張大爺斬釘截鐵道：「你做的我們不吃！」

王大爺道：「你可以雇人嘛。」

王小軍苦笑道：「我這常年四季就你們幾個老主顧，那點錢養活我都不夠了，還雇人？」

正說著話，鐵門忽然被人一腳踹開，一條鐵塔般的漢子大步流星走到院子當中，把破舊的旅行包往腳下一扔，抱拳朗聲道：「黑虎拳門下胡泰來，特來向鐵掌幫討教武功！」

這句話震得院裡價響，屋裡的人面面相覷。

長髮男怔忪道：「喲，這是……」

「踢館！」

王小軍接住了他的話頭，鬱悶地抓著頭髮道：「居然有人踢館踢到我這來了！」

胡泰來見沒人應答，仍舊抱著拳大聲道：「請問哪位當家？」

李大爺在王小軍背上拍了一把：「快點，當家的。」

王小軍拖著死囚上刑場一樣沉重的腳步磨蹭到門口，扒住門框道：

「你……怎麼個意思？」

胡泰來聲若洪鐘道：「在下黑虎拳胡泰來，特地來跟同道切磋印證功夫，望不吝賜教。」

王小軍嘆氣道：「就是踢場子來了唄？」

胡泰來道：「別誤會，我是真心來請教的，希望能和武林同仁採長補短，共同進步。」

王小軍鬱悶道：「明明就是踢場子來了！」

胡泰來似乎不善言辭，笨拙道：「你說是就是吧。」

王小軍踟躕到胡泰來面前，試探道：「這位老兄，我們這雖然名字叫鐵掌幫，可早就改成老年活動室了，要不你換一家踢？」

不等胡泰來說什麼，王大爺先不幹了：「別呀小軍，幹什麼吆喝什麼，我見你們家這塊牌子也掛了幾十年了，今天總算有人找上門來了，你不能慫啊——三筒！」說著話往牌堆裡扔了一張牌。

王小軍恨恨道：「您這是看熱鬧不嫌事兒大啊！」

胡泰來道：「小兄弟，看來這裡只有你是鐵掌幫的人，你要是準備好了，我可就不客氣了！」

李大爺冷不丁道：「且慢動手！」

他拿起那張三筒砌進牌裡，雙手一擠一按，「胡了！」收了三家的錢，麻利地搬著椅子來到門外，往牆根一擺，舒服地坐上去，這才道：「你們打吧，我看著。」

「還有我！」張大爺動作也不慢，扛著椅子挨住李大爺坐好，隨後是王大爺和長髮飄飄男，仨老頭加一個美男子在牆根下坐成一排，乍看還真有點像《中國好聲音》的導師們全都就位了。

王小軍崩潰道：「你們這是非要看腦漿被打出來不可呀！」

胡泰來頓時充滿了期待，雙拳擺開，拉出架勢道：「得罪了！」他上臂微曲，肱二頭肌頓時呈現出像拱橋一樣的優美形狀……

王小軍忽然想起什麼，像抓住了救命稻草一樣叫道：「等等，我們鐵掌幫有規矩——自幫主以下，幫眾不能隨便和人動手！」

胡泰來疑惑道：「居然有這樣的規定？」

王大爺也看著李大爺道：「有這樣的規定嗎？」

張大爺忽道：「我以前好像聽過這麼一說。」

王小軍感激涕零道：「就您是我親爺爺！」

王大爺失望道：「這什麼破規定，不許跟人動手，還開什麼幫，立什麼派啊？」

胡泰來道：「既然這樣，那麻煩你把你們幫主請出來吧。」

王小軍一副莫可奈何幸災樂禍的樣子說道：「不在！別說你找不著，我都找不著！」

王大爺點頭道：「這倒是真的，那老頭好像就壓根想不起來還有這麼一個孫子了。」

胡泰來頓時像被霜打了的茄子，十分失望。

李大爺道：「你們還打不打？你們不打我們打！」

胡泰來燃起了萬一的希望：「幾位前輩難道也是江湖中人？不知是哪門哪派的？」

「我們打麻將！」話音未落，仨老頭和一個美男子又一陣風似的坐回牌桌前，速度之快像被導演切了畫面似的。

「這位胡兄慢走不送！」王小軍轉身就要回屋。

「那個……請稍等……」胡泰來低著頭，小聲地說了一句。

「你還有事？」

胡泰來紅著臉道：「我這次走得匆忙，忘了帶錢，兄弟要是方便的話，能不能借我些路費，日後一定歸還！」

「哦，沒帶錢啊，你出門往左是銀行，往右是郵局——提款卡你總帶了吧？」王小軍順口說。

「沒帶……」

王小軍一拍大腿：「切！你到底是踢場子來的還是打劫來的？」

胡泰來扭頭便走：「告辭了。」

「脾氣還挺大的。」王小軍嘀咕了聲，趕上幾步叫住胡泰來，「你下一站準備去哪兒啊？」

「少林！」

王小軍道：「別怪我不幫你，你看見我這院子了吧？」他摟住胡泰來肩膀，四下比劃道：「一個月水費電費就得不少錢，我現在全部收入就靠屋裡那仨老頭和花美男了，我是有心無力呀。」

胡泰來點點頭：「明白，你的心意我領了。」

王小軍道：「咱也別說客套話了，路費我沒法給你，但江湖救急不能不管，我們鐵掌幫雖然名存實亡了，但有我一口吃的就不能餓著你，你就先在我這兒住幾天，再找師兄弟們想想辦法。」

胡泰來滿臉通紅道：「合適嗎？」

「沒什麼不合適，誒，你會做飯嗎？」

胡泰來搖頭：「不會，餃子都煮不熟！」

王小軍嘆了口氣：「沒事，咱壓根就吃不起餃子——你先住下吧。」

胡泰來局促道：「最多三天，我肯定想出辦法來。」

王小軍擺擺手，就在這時，鐵門又被人一腳踹開，一個尖嘴猴腮的漢子抓住門框氣喘吁吁地喊：「謝……謝君君在這兒嗎？出事了！」

長髮美男愕然回頭道：「怎麼了？」

這瘦子是臨街早市賣菜的，每次過秤，他總用手捂住電子秤的螢幕喊「看好了啊，多給你一兩。」由此得了個綽號叫「多一兩」。

多一兩見了謝君君，上氣不接下氣道：「快去看看吧，有人正砸你理髮店呢！」

「啊？」謝君君顧不上多說，撒腿就跑。

見有熱鬧看，王小軍和屋裡仨老頭緊隨著謝君君的步伐往大門口跑去，胡泰來見多一兩汗流浹背的樣子，不禁道：「這位大哥倒是很熱心呀。」

多一兩嘿嘿一笑道：「砸人店和偷人媳婦這種事一樣，只有正主趕上才有好戲看嘛。」

胡泰來：「……」

謝君君的理髮店緊靠著王小軍的鐵掌幫，而且名字也不叫理髮店，而是叫「時代髮藝造型室」。

謝君君有三個正式學徒，兩個幫工，說是學徒，都各懷絕技，有的擅長剪，有的擅長燙，手藝好，價格也不浮誇，附近的人弄頭髮，這裡是不二選擇，生意向來興隆，所以謝君君才能有閒情逸致每天和老頭們玩牌。

這時候，已經有三三兩兩的人站在街對面看熱鬧，理髮館裡一片大亂，顧客圍著毛巾都被趕了出來，門口有兩個長相兇悍的彪形大漢正在用球棒把大門上的玻璃逐一捅碎，裡面還有三個人在打砸，幾個學徒和幫工想攔又不敢，若即若離地圍在門口。

謝君君一出現，學徒頓時們圍了上來，七嘴八舌地喊：「師傅！」

謝君君看了眼門口的大漢，白淨的臉不禁哆嗦了一下，下意識地問：「怎麼回事？」

學徒們紛紛道：「不知道啊，一群人上來就打，根本不說話。」

額頭上有道刀疤的大漢斜睨了謝君君一眼道：「你就是謝老闆？」

謝君君硬著頭皮道：「我就是。」

刀疤臉獰笑一聲：「知道自己得罪誰了嗎？」

謝君君愣了下神，刀疤臉扭臉對店裡喝道：「謝老闆記性不好，兄弟們給他長長記性！」

「得咧！」

店裡的三個大漢壞笑一聲，各自掏出粗大的園藝剪來，把凡是能看見的不管電推子、吹風機還是燙髮機的電線齊根鉸斷。

圍觀的人們見了這種特別手段，紛紛打抱不平起來，不過聲音以剛好不傳入刀疤臉的耳朵為界線。

李大爺隨口道：「這幫孫子的壞心眼，跟王小軍鎖眼裡塞棉繩如出一轍呀。」

「您還能記我點好嗎？」王小軍白眼道，渾身摸索著。

「你找什麼呢？」李大爺問。

「咱不得報警嗎？剛那倆員警給我的名片，我忘了揣哪口袋了。」

「不要啊！」

謝君君眼淚在眼眶裡打轉，雙手揮舞著像是要衝上去拼命，不過看看大漢們手裡的棍子，腳下不自覺地慢了半拍，恰到好處地被徒弟們攔住，只有一頭秀髮在迎風飄擺，那樣子我見猶憐。

「住手！」

這時一條魁梧的身形穿過人群，神色憤怒，正是胡泰來。

與此同時，王小軍終於找到了王宏祿留下的名片，正在和人四處借電話……

刀疤臉把棒球棍抄起來衝胡泰來臉前一晃，打哈哈道：「居然還真有出來擋橫的——好心勸你一句，別管閒事啊！」

「我必須管！」胡泰來沒有廢話。

「那就別怪我了！」棒子劈頭朝胡泰來砸下。

作為職業打手，刀疤臉有豐富的應變經驗，這一棍他力求見血，威懾眾人。

胡泰來隨便地抓住棍頭往前一鬆，棍子柄頂在刀疤臉的胸口，剛才還窮凶極惡的漢子一聲不吭地捂著胸跪在了地上。

這時，他同夥的棍子也砸了過來，胡泰來仍舊是隨便出了一拳打在他小腹上，刀疤臉的同夥順從地跟他跪在了一排，兩個人表情痛苦，半句話都說不出來了。

店裡搞破壞的三個壯漢見狀一起往外衝，胡泰來站在店門口，迎著第一個出來的壯漢遞出一拳，將他打成蝦米，隨即對第二個第三個如法炮製，以嫻熟的手法把他們秒殺。

胡泰來只出了五招，五個壯漢被他在不到三十秒的時間裡打得在街邊整齊地跪成一條線，等不明真相的圍觀群眾反應過來時，戰鬥已經結束了。

王小軍目睹了事情的全程，遲鈍片刻之後才覺得後脖頸子發涼，這會兒他才借到電話剛撥出一個數字，全身不覺出了一層細密的汗……

「你們是誰？為什麼這麼做？」胡泰來問。

「我到底哪裡得罪你們了？」

謝君君終於「掙脫」了徒弟，衝到最前面，尖利地喊著。

可以想像他的臉色一點也不好看，對方針對他的法子可謂惡毒至極，他們把理髮店裡所有用電器材的電線都齊根剪斷，這種行為相當於折歪了大夫的聽診器、打翻了廚師的調味盒，根本是砸人飯碗啊。

刀疤臉表情痛苦又猙獰地瞪了他一眼，沒有搭理他，而是抬頭狠狠盯著胡泰來嘶聲道：「敢留個名號嗎？幹我們這行被人打正常，可要連對方是誰都不知道，那就太憋屈了！」言外之意這事不算完。

胡泰來撓撓頭道：「我叫胡泰來，你們要是想找場子的話我隨時奉陪，這幾天我和他住一起！」

他順手一指人群裡的王小軍。刀疤臉等人一起怒目相向。

「誒？我跟他不是很……熟……」

王小軍大概自己也覺得這話沒什麼可信度，越到後面聲音越低了下去。他不禁跳腳道：「我這是招誰惹誰了！」

刀疤臉掙扎著從地上爬起來，斜眼看著謝君君道：「你要是現在還不明白自己得罪的是誰，那我只能說你是活該了！」

謝君君一愣，隨即恍然道：「我知道了，你轉告你們老大，他休想！」

王小軍見勢必不能置身事外，擠出人群愁眉苦臉地問：「到底怎麼回事啊？」

謝君君苦笑一聲道：「這事兒我以後跟你說，讓他們走吧。」

刀疤臉等人又一起看著胡泰來，胡泰來挺了挺腰板道：

「既然主家不追究，那你們隨便，記住！我叫胡泰來，跟他住在一起！」說著又指了指王小軍。

王小軍崩潰道：「這種話不用說第二遍！」

刀疤臉等人蹣跚著走了，看熱鬧的人們也漸漸散了，謝君君因為滿懷心事，也只是敷衍地跟胡泰來說了幾句客氣話。

「大俠」胡泰來倒是毫無激烈滿懷的情緒，做這種事對他來說似乎很天經地義，見人都走了，就對王小軍說：「咱們回去吧。」

王小軍滿腹糾結無處抒發，垂頭喪氣地說：「我也正式介紹一下，我叫王小軍，既然咱倆都『住在一起』了，以後你跟別人說我的時候，別用『這個人』三個字了。」

「小軍，咱們武林人士替人排憂解難，你不會怪我吧？」胡泰來擠出一個看不出是憨厚還是討好的笑容來說。

王小軍現在恨不得自己是鐵頭幫的第四順位繼承人，然後一頭撞死在胡泰來太陽穴上，有氣無力道：「第一，我不是什麼武林人士，第二，以後你介紹跟我的關係時，不要再用『住在一起』這幾個字，可以試試用『暫住、借住』這類字眼。早知道這樣，剛才還不如讓你揍我一頓把你打發走。」

說到這，王小軍終於有點興奮道：「想不到你真的會功夫，一個打五個這種事，我以前從來沒想過。」

胡泰來一愣道：「難道你不會武功？可我師父跟我說，鐵掌幫是武林中功夫最為剛強霸道的門派，所以讓我第一個來鐵掌幫領教。」

「那一定是因為你師父跟我爺爺有仇。」王小軍重新打量了胡泰來一眼道，「真沒想到現在還有有真功夫的人，你練了多久？」

胡泰來道：「從七歲時練起，二十多年吧。」

王小軍點點頭：「那就難怪了，二十多年積累下來，幹什麼都厲害，就算嗑瓜子，每天一兩，皮也能裝一個倉庫。」

胡泰來奇道：「你真不是武林中人？是我走錯地方了嗎？這附近還有別的鐵掌幫嗎？」

「只此一家。」

「你爺爺是叫王東來嗎？」

「是。」

「那沒錯啊！你爺爺什麼時候能回來？」

王小軍偷偷擦了一把後腦勺上的汗道：「你別想了，我爺爺今年快七十了，能經得住你那麼折騰？你這不是沒事找事嗎？」

「沒道理呀……」

兩個人說著話進了院子，這才發現院子裡不知什麼時候來了一個姑娘，女孩長髮披肩，大眼睛，一身名牌打扮入時，拖著一個大行李箱，這時半倚半靠地待在屋簷下，見來了人，一臉不滿道：

「你們出去怎麼都不留人的？我要住店！」

王小軍一時沒明白：「住店？」

女孩翻白眼道：「你們這不是鐵掌幫嗎？」

胡泰來道：「對，可是……」

王小軍恍然道：「美女，你是把我們這兒當客棧了吧？」

女孩理直氣壯道：「難道不是？」

胡泰來剛想解釋什麼，王小軍一按他笑咪咪道：「可以是。」

胡泰來無語：「你——」

王小軍眨眨眼道：「反正我們改行了，你覺得麻將館比賓館高尚嗎？」

女孩很乾脆道：「那我住下了。」

「住幾天？」王小軍問。

「不確定，可能十來天，可能個把月。」

「啊？」

王小軍本以為對方最多也就住個兩三天，他當然不介意臨時改改行，賺個幾百塊錢，反正屋子有的是，條件設施也和賓館差不多，但沒想到還來了個長租戶。

「有問題嗎？」

這時胡泰來忍不住道：「小姐，你明知道這裡不是正規賓館，你就不怕遇到壞人？」

王小軍不滿地道：「說誰是壞人呢——你這連指桑罵槐都不是，擺明衝著我來的啊！」

在場一共就三個人，說這種話的主兒明顯先把自己剔除出去了，那壞人只能是他了唄。

沒想到女孩淡淡道：「我不怕壞人，就說行不行吧？」

王小軍賭氣道：「行！怎麼不行？」

女孩又道：「有件事我得先說明白，這次出來我沒有帶錢，房費先欠

著，不過你放心，我不會賴帳的。」

「啊？」怎麼又碰到了個沒錢的?!

「有問題嗎？」

女孩的疑問句只是表達一種命令，顯然是那種家境優越又被有點慣壞的千金小姐。

「行，我相信你這麼漂亮的小姐不會騙人。」王小軍只能被迫接受。

胡泰來小聲道：「這跟漂亮有關係嗎？」

王小軍忽然靈機一動道：「誒，你會做飯嗎？」

女孩點頭：「會。」

「這樣吧，以後你管做飯，就當我們互不相欠怎麼樣？」

女孩想了想道：「飯我會做，但要看心情，我不想做的時候，誰也不許說三道四。」

「呃……好吧。」王小軍看出女孩似乎心情不太好，聲明道：

「既然你是來住賓館的，那我也要履行我店主的權利——身分證給我看一下，畢竟咱們才第一次見面，保不準你是逃犯什麼的，我跟你不一樣，我可是怕壞人的。」

女孩二話沒說把身分證遞了過來，王小軍端詳了一會兒道：「你叫唐思思？四川人，今年十九歲？」

唐思思點頭：「看來你識字，算術也不錯。」

·第二章·

我要跟你學功夫

「哇！你會真功夫！」反應過來的霹靂姐激動地抓住胡泰來的胳膊叫了起來，猝不及防之下，他被鬧了個大紅臉，微微掙扎了一下硬是沒奪回手臂。

霹靂姐連珠似地道：「我要跟你學功夫！你比那些江湖騙子強太多了！」

王小軍帶著唐思思和胡泰來穿過前院的屏風，指著第二進院子開始向他們介紹：「這是我們鐵掌幫的後院，吶，東廂房打頭那間是廚房，旁邊當倉庫用了，西邊這兩間屋子你們自己挑吧。」

胡泰來四下打量著道：「還真不錯。」

唐思思拉著箱子，伸手一指北面的正屋道：「我要那間。」

「不好意思，那是我的房間。」王小軍道，「你該不是想一來就把房東趕出去吧？我解釋一下，這院裡所有屋子設備都是一樣的，有衛浴間，能洗澡，北屋除了採光好一些以外，沒啥特別的，明白了嗎？」

唐思思點點頭，仍舊一指北屋：「我要那間。」

「我先收拾去了。」胡泰來樂呵呵地去了西邊第一間屋子。

王小軍看著唐思思白皙而執拗的手指，咽了口唾沫，故意裝出色迷迷的樣子說：「就算你想當老闆娘，我覺得也太快了吧？」

唐思思道：「屋子是死的，人是活的，你可以搬出去。」

「……你覺得這樣合適嗎？」

唐思思道：「合適。」

王小軍收起調侃的表情，認真道：「那你想好了，我可是個單身宅男，我們這裡沒有多餘的床單，你要想住我的房間，就只能睡在我睡過的床單上。」

唐思思的手指平移，指著與王小軍相鄰的屋道：「我要這間。」

王小軍臉上複雜的表情一閃：「這是我爺爺的房間——」

最終嘆了口氣道，「你要喜歡就給你住吧，反正我也不知道他什麼時候回來。」

唐思思二話不說把行李箱的把手塞給王小軍：「幫忙。」然後自己率先走了進去。

王小軍苦笑一聲，提著行李跟在唐思思身後。

十幾分鐘後，唐思思換了一身衣服，擦著濕漉漉的頭髮神清氣爽地踱到院子裡，問同樣剛晃蕩出來的胡泰來和王小軍：「家裡有什麼菜，我今天有心情。」

王小軍鑽進廚房沒兩秒鐘，捧著一口電鍋出來道：「就只有這個。」

鍋裡是小半鍋看不出是隔夜還是當日的米飯，王小軍對自己的廚藝很有信心——他做的飯別人絕不會吃，所以他每天要對付的也就是他自己的那一口，經常是悶一大鍋米飯，變著花樣頂好幾天。

唐思思看著表面已經泛黃變硬的米飯，皺了皺眉頭道：「雞蛋有吧？」

「有。」

「那只能炒飯了。」唐思思嫌棄地捏著鍋的一角進了廚房。

胡泰來和王小軍相對坐在東邊樹蔭下的石桌旁，兩個人既不熟，又沒有共同話題，只能乾坐著。

胡泰來尷尬地笑笑道：「給你添麻煩了。」

王小軍道：「人多從來不是麻煩的根源。」

但他想了想又覺得不對，從上午到現在，他這裡的人口基數一下增漲了兩倍，而經濟指數絲毫沒變，這絕對是麻煩。

這時，廚房裡忽然鑽出一股異香，這股香味不像一般飯菜的味道那樣大而化之，模糊而過，而是一絲絲一縷縷直侵入人的味覺中樞，把美好的想像和口水一氣都勾引出來，王小軍憑直覺感覺到自己以前從來沒有聞過這麼香的味道。

「什麼味道？」

胡泰來和王小軍異口同聲地問，一起坐直了身體，緊接著王小軍哧溜一下鑽進廚房：「我去拿碗筷！」卻迎頭碰上端著一大盤炒飯的唐思思出來。

「你用什麼炒的？」王小軍把頭探進盤子問。

「雞蛋，蔥花。」唐思思不假思索地說。

王小軍把碗筷分給另外兩人，和胡泰來張牙舞爪地分從兩個方向偷襲那盤炒飯。

唐思思將筷子在桌上輕輕一拍：「先洗手！」

王小軍納悶道：「吃炒飯還要洗手？」

胡泰來也道：「就是，我們又不是印度人。」

唐思思道：「只要是我做的，吃飯就得先洗手，這是禮貌。」

迫於她的淫威，王小軍和胡泰來只好乖乖去水龍頭沖了沖手，王小軍在褲子上把手拍乾道：「這下可以吃了吧？」

門口傳來敲門聲，剛抄起筷子的王小軍不滿地嘀咕：「誰呀這是？」

大門並沒有鎖，要是王大爺他們會直接自己進來，王小軍由此判斷出不是熟人。

唐思思放下筷子道：「你去吧，我們等你。」

王小軍穿過屏風打開門一看，來人果然是個陌生面孔。是個不到五十歲的中年男人，穿著一套價值不菲的套裝，頭髮顯然剛打理過，臉上帶著一絲

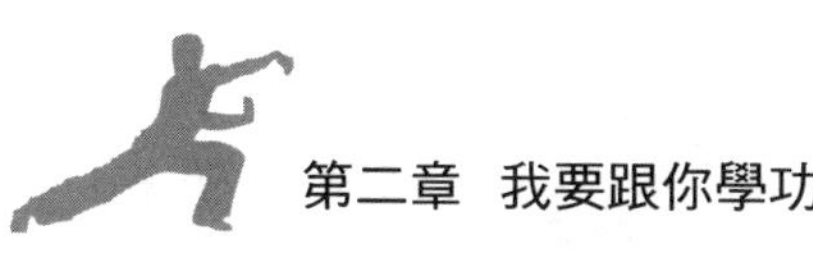

忐忑和長久以來靠職業養成的自矜，看得出這是一個事業順遂的成功人士。

「你有事？」

「我找胡大俠！」

「胡……大俠？」王小軍納悶道。

中年人赧然笑道：「是這樣的，我叫陳長亭，剛才在理髮店裡理髮，親眼目睹了胡大俠的所作所為，對他的為人十分佩服，於是來拜訪一下。」

「哦，哦。」王小軍點頭道：「那你跟我來吧。」

胡泰來這時正正襟危坐，兩眼放光地盯著那盤炒飯。

「胡大俠，是來找你的。」

「我？」胡大俠顯然從來沒把自己當大俠。

陳長亭拘謹地把剛才的話重複了一遍，胡泰來顯得比他還不好意思，連連搖手：「別別別，別叫我大俠。」

王小軍道：「陳哥有話坐下說吧。」

陳長亭順勢坐在一個石墩上，抽了抽鼻子，不禁也看了一眼那盤炒飯。

「你找我還是有事吧？」胡泰來問。

陳長亭訥訥道：「我找胡……先生確實是有事相求，實不相瞞，我見識過胡……」

胡泰來忍不住道：「你就叫我兄弟吧。」

「好，自從我見識過胡兄弟的武術後，就知道這事就你合適，是這樣的——」陳長亭道：「小犬最近在學校裡遇到了一些麻煩事。」

「你不是想找我們去打老師吧？」王小軍在一旁聽了，笑嘻嘻道：「教體育的免談哦。」

陳長亭嘿然道：「咱不開玩笑，是……是小流氓。這樣，我請兩位幫忙也不會白幫，些許心意是一定會表示的。」

胡泰來臉色不悅道：「這位陳老兄，我雖然學過一些功夫，可不是為了給別人當打手的。」

陳長亭臉紅道：「這個我確實是有些冒昧了，但絕不是胡兄弟想的那樣，我的女兒人很老實，遇到這樣的事情完全慌了神，難為她怕我擔心一直不肯告訴我，當父親的總得為孩子做點什麼吧。」

王小軍頓時來神道：「女孩啊？早說呀，不過看你樣子也不缺錢，雇倆黑社會不是更直接嗎？這種事報警也不會沒人管吧？」

陳長亭感慨道：「現在的孩子太敏感，萬一有個處理不合適，讓她覺得丟了人，那後果不堪設想啊，你說的這些辦法我都想過，包括找老師……」

王小軍擺手道：「我可沒說找老師啊，話說你閨女多大了？」

「明年高考。」

王小軍點頭：「那是到了最水靈的年紀了。」

陳長亭無語片刻才道：「剛才我看兩位打抱不平，當下社會還有這份道義太難得了，更可貴的是出手的分寸還掌握得剛剛好。」

胡泰來謙虛道：「不用客氣，是應當的。」

王小軍趕忙道：「別算上我，我什麼也沒幹。」

陳長亭拍馬道：「胡兄弟仗義出手，難得這位小兄弟還能挺他，都很不容易。」

唐思思恍然大悟地道：「原來我在這裡叫天天不應的時候，你們卻在外面冒充大俠？」

王小軍道：「說吧，你到底想讓我們怎麼著？」

陳長亭霍然道：「就是想讓二位適當地教訓一下那幫小流氓，當然還是要注意分寸，既要讓他們知難而退，還不能真起了干戈。」

王小軍點點頭，理解地道：「嗯，想解恨還怕惹麻煩，你就是想嚇唬一下對方吧？」

陳長亭嘿然道：「差不多。」

王小軍問胡泰來：「你打算怎麼辦？」

胡泰來道：「這件事咱們不能不管，只不過這個報酬——」

陳長亭打斷他道：「報酬好說，胡兄弟說個數兒。」

胡泰來道：「我想說的是，報酬我不會要。」

「那怎麼行？報酬我是一定要給的，你要不答應，我立馬就走！」

胡泰來不知該說什麼，王小軍捂著腮幫子支吾道：「能給多少啊？」

「這個嘛，我看一萬差不多了。」陳長亭打著哈哈說。

王小軍道：「就這麼說定了吧。」

陳長亭掏出一張照片遞給王小軍道：「這是小女的照片，她叫陳靜，在市一中上高二，今天她們不上夜自習，會在下午五點半的時候離校。」

王小軍看了看照片，照片上的女孩人如其名，顯得沉靜而秀氣。

唐思思探頭過來，道：「聽你這麼說，我怎麼有種怪怪的感覺，你確定不是讓他倆幹掉這個女孩？」

王小軍一拍陳長亭的肩膀：「放心吧，我們一定會讓她消失的。」

陳長亭擦汗道：「別開玩笑。」

「哈哈，放心吧，跟你鬧著玩呢。」

一時話題結束，胡泰來招呼道：「要不一起吃點？」

陳長亭眼巴巴地看了一眼那盤炒飯，米飯經過唐思思的加工後顆顆飽滿，從曖昧不清的昏黃色變成了金燦燦的金黃色，如同青銅戰士換了黃金聖衣，散發著強烈的香味。

陳長亭大概還沒吃午飯，不自覺地咽了口唾沫，王小軍小聲威脅道：「你可別再幹『冒昧』的事了啊。」

陳長亭嚇道：「哦，不了不了，小女的事就拜託兩位了。」

送走了陳長亭，王小軍和胡泰來得以重返「戰場」，王小軍出於禮貌，端起盤子要先給唐思思分，唐思思擺了擺手，於是王小軍老實不客氣地和胡泰來一人一半，幾顆米粒不小心散落在碗邊，王小軍下意識把它們吸在嘴裡，整個人愣住了——

那是怎樣的一種美味啊！顆顆勁道的米飯沾染了神奇的香味，在口舌之間纏綿繾綣，區區幾顆米粒竟像是給王小軍的口腔做了一次味覺洗禮，王小軍平生第一次知道炒飯也可以這麼好吃！

再看胡泰來，也是神情迷醉地往嘴裡瘋狂扒飯，王小軍不落人後，一大盤蛋炒飯就在他倆風捲殘雲的攻勢下瞬間被消滅了。

事後兩個男人剔著牙——他們並沒有感到滿足，胡泰來看樣子很久沒吃過飽飯了，王小軍則在相當長的一段時間內只吃自己做的飯，現在一碗熱透的米飯對他來說都是美味。可想而知這樣一盤極品炒飯只是勾起了他們的餓火而已。

胡泰來討好地對唐思思說：「妹子，能不能再來一鍋？」

唐思思白了他一眼：「現煮的米不能炒飯，《食神》沒看過嗎？」

王小軍好奇地問：「你的廚藝跟誰學的？」

王小軍雖然做飯不行，但絕對是個有天分的吃貨，他深知能把普通的炒飯做成這樣，絕不只是心靈手巧，這女孩不簡單！

唐思思有些得意地道：「怎麼，吃著還行？」

「太行了！」兩個男人異口同聲道。

「下午給你們燉排骨，只要你們買排骨。」

王小軍先是眼睛一亮，接著黯淡了下來，捏著乾癟的口袋道：「那個……我們暫時還吃不起燉排骨，不過這個情形看樣子不會太久了。」

胡泰來忽然心事重重道：「你說我們收人家的錢合適嗎？」

王小軍道：「想想你不名一文寄人籬下的時候，我就覺得挺合適的。」

胡泰來嘆氣道：「人在矮簷下，怎能不低頭啊？」

王小軍連忙道：「我可沒給你臉色看啊，我也正低谷著呢，要不是你倆來，我今天下午就投奔我大師兄去了。」

唐思思撇嘴道：「作為男人，你們倆也太窮了——」隨即她呵呵一笑道，「不過好在你們還有本事，行了，下午你倆就去賺錢給我花吧。」

王小軍和胡泰來面面相覷，良久王小軍才道：「咱們三個的關係什麼時候這麼庸俗化了？」

胡泰來補了一槍道：「要不是她比我後到，就憑她這句話，我肯定以為你把人怎麼了！」

王小軍打個響指道：「人家確實提出過要跟我睡一個屋子，是我自己拒絕了的。」

「呸！」唐思思啐了一口自己回屋去了。

胡泰來無語半晌後，微弱的聲音道：「你們鐵掌幫……」

王小軍立刻豎起一隻手掌，正色道：「我臉皮厚是我的事，別牽扯我們鐵掌幫！」

片刻後，他嘻皮笑臉道：「想說就說吧，其實我也不在乎。」

胡泰來索性閉上了嘴……

夏末午後五點多鐘，北方的小城已漸漸涼爽，王小軍和胡泰來坐在市一中對面小廣場的馬路上。

王小軍掏出陳靜的照片給胡泰來：「記住這張臉——我確認一下，咱們的任務真的不是幹掉她吧？」

胡泰來接過照片，他發現王小軍目光幽深地望著對面的學校裡，這是他自接觸王小軍以來難得的安靜時刻。

「你中學是不是在這裡上的？」胡泰來問。

王小軍點點頭，眼神變得有些含糊不清。

「那你那時候有沒有對象，就是女朋友？」

王小軍失笑道：「作為一個大俠，也這麼八卦？」

胡泰來撓撓頭道：「我是個鄉下孩子，從小跟著師父，白天在木材廠做

工，晚上跟他學功夫，沒上過什麼學，所以很好奇，聽說現在的孩子從中學就開始談戀愛了。」

王小軍拍拍他的肩膀道：「我瞭解你的感受——後悔沒上學了吧？」

「小學我還是上過的，也沒像你說的那樣啦。」

「你今年多大？」

「廿七。」

「那難怪了，我廿一，咱倆隔了六年呢。」

胡泰來道：「按說你上完高中了，怎麼又開了麻將館了呢？」

王小軍自嘲道：「高中畢業後，我又在外地上了幾年職校，純屬混日子，到了該找工作的年紀就被叫回來了，這麼大個院子總不能沒人管，開麻將館也是瞎胡鬧。」

胡泰來點點頭：「那麼大個院子，你家應該挺有錢的。」

「你也覺得那院子不錯吧，我們鐵掌幫也就剩那院子了，可惜我不是幫主。」王小軍不無遺憾地說。

胡泰來奇道：「什麼意思？」

王小軍解釋道：「鐵掌幫有規矩，只有幫主才有權買賣幫產，那院子應該值個好幾百萬，我要是幫主，就把那院子賣了，分筆錢環遊世界去。」

「環遊世界？」胡泰來有些意外，「環遊世界」本來是個很普通的理想，不過他沒想到能從王小軍嘴裡說出來，面前這個一身世俗氣的少年似乎跟這幾個字有點不搭，他要說分了錢吃喝玩樂他倒是更能接受。

「看不出來吧？」王小軍大概也知道胡泰來的感覺，輕佻道：「哥也是有遠大理想的文藝青年。」

「你說那一大串也就占『青年』兩個字。」胡泰來回道。

王小軍好笑道：「看不出你還是個毒舌，別光說我了——你不上學這些年就練武了？你師父不知道九年義務教育嗎？」

胡泰來憨笑道：「用個文藝詞兒說，這是我自己的選擇，我從小就好動，愛跟人動手，我師父打磨了我十年，我十七歲那年他才正式收我為入室弟子，我們黑虎拳在當地聲名赫赫，但我師父說了，放眼全中國，我們的門派只是個不起眼的小角色，今年我算出師，帶著師命來拜會全國武林同道，是真心向你們學習討教的。」

王小軍半天才問：「圖什麼呀？」

胡泰來認真道：「我想知道人類體能的極限在哪。」

王小軍一縮脖子道：「我的天，用你話說我們也算是武林同道，你這種奇怪的說法，我爺爺一句也沒提過，倒是過去的香港電影裡有。」

胡泰來發懵道：「你們鐵掌幫真的不傳業了？你打小沒學過武功？」

王小軍道：「學過幾套掌法，小時候也蹲過個把月的馬步，可我清楚那不是武功，你現在讓我跟人打架，我就是一個普通人。不過你就不同了，我不是奉承你，全國能打過你的人估計不多。」

胡泰來趕緊擺手：「我可不敢這麼說，我師父說了，武學上最大的忌諱就是坐井觀天。」

王小軍有些迷茫地看著馬路對面道：「誒，那個女孩怎麼像是哪兒見過？」

胡泰來掃了一眼馬上起身道：「是陳靜——咱們該幹活了！」

王小軍一拍腦袋！

陳靜看著比照片上還要漂亮幾分，穿著校服帆布鞋，留著整齊的學生頭，走路的時候目不斜視，一副還在思考數學題的樣子，這種孩子一般是老師的寵兒、同學眼裡的學霸，他們不會有多好的人緣，但也不至於有人故意和他們過不去，所以王小軍也很好奇到底是誰會騷擾她。

他和胡泰來跟在陳靜身後走著，暗暗祈禱陳靜千萬別回頭，不然他們兩個給陳靜造成的恐慌感恐怕還要超過小流氓。

這時，兩個跟陳靜差不多年紀的女孩飛快地擋住陳靜的去路，其中一個頭髮染了一縷藍毛的女孩順勢推了陳靜一把，口氣不善地道：「想跑啊？」

兩個女孩都穿著校服，另一個女孩身材高挑出眾，長得也有幾分俏麗，她抱著膀子冷冷地看著陳靜。

藍毛用手抵在陳靜肩膀上，罵道：「得罪了霹靂姐就想這麼算了？」

陳靜低著頭，見無路可走也不反抗，任憑藍毛戳戳點點就是不說話。

身材高挑的「霹靂姐」一副大姐大的樣子，語重心長道：「陳靜，我堵你兩天了，你以為不說話我就和你兩清了？沒門！道個歉就那麼難嗎？」

藍毛叫囂道：「讓你寫的五千字道歉書呢？」

這倆女孩一出現，王小軍就知道壞了！他之所以肯管這個閒事，是以為陳靜遇到的就是一般的小混混，借胡泰來教訓兩下就算了，萬萬沒想到找陳靜麻煩的居然也是女孩，他望向胡泰來，見對方的神色也是懊惱無比。

胡泰來為難道：「女的……怎麼辦？」

王小軍苦笑道：「陳長亭這老傢伙！我現在才知道他為什麼出高價請咱

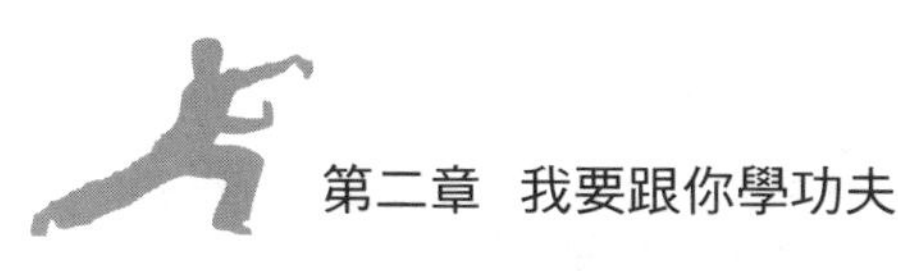

倆出山了，要是普通小混混他早報警了，就因為棘手，他才找上你這種『大俠』的！」

胡泰來鬱悶道：「怎麼說著說著成了找上我了？明明是咱倆一塊答應的好嗎。」

「可你總不能打女人吧？」

胡泰來糾結道：「說的就是啊。」

陳靜依舊低著頭道：「我又不知道那是別班男生給你的情書，我還以為是誰惡作劇，把它交給老師不是我的錯！」

「放屁！」霹靂姐怒道：「你不是高材生嗎？你不認識字啊？」

陳靜委屈地道：「他那幾個字我壓根就沒認出來。」

霹靂姐臉上一紅，抬手抽了陳靜一巴掌道：「狡辯！現在全校都知道我的情書被交給老師了，你讓我以後怎麼混？你總得給我個說法吧？」

藍毛也道：「讓你寫道歉書不是給霹靂姐看，是替她平反昭雪！」

王小軍托著下巴分析道：「事情的經過是這樣的——陳靜誤把別人給霹靂姐的情書交給了老師，霹靂姐自認為丟了臉，兩人這才結的梁子。」

胡泰來氣不打一處來道：「誰讓你分析了，快說現在怎麼辦？再不出手，可就沒法跟陳長亭交代了。」

王小軍洩氣道：「讓我再想想。」

胡泰來忽然一把抓住王小軍的手道：「這樣吧，陳長亭答應的錢，我一分不要全是你的，這事你擺平，我們黑虎拳可不是歪門邪道，打女人這種事我做不出來！」

王小軍愣了愣，跳腳道：「我們鐵掌幫也是名門正派好吧？」

王小軍這邊和胡泰來扯皮，那邊三個女孩也逐漸事態升級，霹靂姐一直沒動手，藍毛卻不依不饒地對陳靜推推搡搡，一邊嚷嚷道：「今天你不說出個子丑寅卯來就別想走！」

胡泰來手足無措道：「該怎麼辦，你快拿個主意啊！」他面對五個兇神惡煞的壯漢時也沒這麼狼狽。

王小軍面色決絕道：「這樣吧，你先給藍毛來個『摸頭殺』，然後再給霹靂姐一個『壁咚』，說不定能起到扭轉乾坤的奇效！」

胡泰來忙問：「這是什麼招式？」

王小軍笑嘻嘻地解釋完，胡泰來真有點惱了：「你還有心思開玩笑！」

「我沒開玩笑，你這兩招要是管用，以後多倆妞跟著你；萬一她們要是覺得你要流氓，追著你打，也算化解了陳靜的危機。」

胡泰來憤然道：「沒有萬一，她們肯定會追著我打！」

「俠之大者，為國為民，哦我剛才算錯了，你要是因此打動了陳靜的芳心，你以後就有三個妞了。」

就在這時，旁邊的小巷子裡轉出三個吊兒郎噹的青年來，後邊兩個跟班穿得花花綠綠，頭前那個胳膊上戴著各種手串，頭髮抹著髮膠，墨鏡在鼻尖上耷拉著，看著就一副現世公子哥要出來調戲婦女的樣子。

不過最引人注目的，是他牽著一頭雙眼血紅的藏獒，這狗有小牛犢子大，因為好吃懶做，身材臃腫，但威勢逼人。

三人往這邊晃晃悠悠地來了。

霹靂姐似乎認識這幾個人，皺了下眉頭衝藍毛道：「咱們走。」

公子哥細長的胳膊一乍，油腔滑調道：「誒，怎麼看見哥哥就走啊？」

霹靂姐換了兩個方向沒能走脫，剛調頭就被兩個跟班扯了回來。

「我們寶哥跟你說話呢！」

被稱為寶哥的混混頭仍舊笑嘻嘻道：「霹靂姐這是教訓小師妹呢？這妞兒長得不錯，看我面子就算了，走，都跟哥喝酒去。」

藍毛道：「你以為你是誰啊？」不過這句話外強中乾，顯然寶哥在更高一級的食物鏈上。

果然，被兩個跟班暗含威脅的一指，藍毛也沒了聲音。

霹靂姐故作鎮定道：「咱們井水不犯河水，我還有事先走了。」說著對陳靜道：「今天放你一馬，你也滾吧。」

寶哥腳步浮動就是不放，似笑非笑道：「別說得這麼冷漠嘛，哥喜歡你也不是一天兩天了，今天正好有緣，你有兩個姐妹，我有兩個兄弟，咱們開個房來個『大家樂』多好？」

兩個跟班嘿嘿淫笑起來，陳靜見狀想走，也被他們拽了回來。

霹靂姐怒道：「牛寶，你別得寸進尺，我霹靂也不是好惹的！」

牛寶裝腔作勢道：「你看見我這隻狗沒？純種藏獒，花十多萬買的，你別看牠看著傻，讓牠咬誰就咬誰！」

果然，那狗聽到「咬」字，猛地抬起頭，用血紅的眼睛掃了一圈周圍的人。

牛寶嘿然道：「哥不打女人，可這狗就不一樣了，你要讓牠主子不滿意了，牠一口還不把你的漂亮小腿咬掉？」

牛寶的跟班起鬨道：「就算咬幾個大血窟窿也不好看啊。」

自打牛寶幾個人出現以來，王小軍和胡泰來的心情簡直可以用心花怒放來形容，兩個人在好長一段時間內都沉浸在驚喜中不可自拔，幾乎要相擁而泣：「可算是有壞蛋出現了！」

胡泰來拍拍王小軍手背道：「這次交給我吧。」他大步走上前道，「人家姑娘都說不去了，你們還死皮賴臉糾纏什麼？」

「別管閒事！」

牛寶兩個跟班一左一右指向胡泰來，胡泰來壓根不看他們，伸出兩隻手在他們肩膀上一搭，兩個跟班就像兩堆雪融化似的歪下身子，隨後呲牙咧嘴地再也站不直了——他們被胡泰來這一搭同時脫了臼。

牛寶吃了一驚，後退一步驚懼道：「別找不自在，你知道我是誰嗎？」

王小軍插口道：「我這位大哥是出了名的打完才問你是誰，你就做好挨打的準備吧！」

牛寶下意識地退了幾步，忽然撒開手裡的繩子大聲道：「小黑，上！」他腳邊的藏獒眼中精光一閃，冷不丁撲向了胡泰來的咽喉。

在場包括霹靂姐和陳靜都發出了驚呼。誰都知道藏獒這種狗兇猛堪比野獸，而且凶性發起來連主人都控制不住。

胡泰來站在原地絲毫不動，覷準藏獒的勢頭霍然出拳，一聲悶響之後，那小牛犢子似的大狗被從空中擊落，身體抽搐了兩下就僵斃了，牠從前額到鼻子都被打得稀爛，哼都沒來得及哼一聲。

被驚呆了的牛寶兩腿發顫，接連後退幾乎撞在兩個跟班懷裡，他看看地上的死狗，有一句話他倒是沒說謊，這狗確實是用十多萬買的，可出錢的人不是他，而是一個他也惹不起的人。

牛寶盡力控制住發抖的聲音喝道：「你……你敢報出姓名嗎？」

胡泰來不卑不亢道：「我叫胡泰來——」

他左右一掃找到王小軍，正準備說話，王小軍已經懶洋洋補充道：「我是王小軍，想找他就來鐵掌幫，我們是住在一起的！」

牛寶愣了一下，撒腿就跑，兩個跟班也歪歪斜斜地跟了去。

胡泰來看看王小軍：「你不怕我連累你啦？」

王小軍無奈道：「反正我不說你也要說的，你這種大俠最怕得罪了人，別人找不到你。」

在現場，驚呆的不光是三個小混混，還有三個女孩。

王小軍對胡泰來的功夫是有心理準備的，但三個女孩不一樣，胡泰來輕描淡寫地打死一隻藏獒，這是違背普通人的知識範圍的。

「哇！你會真功夫！」

反應過來的霹靂姐激動地抓住胡泰來的胳膊叫了起來，猝不及防之下，他被鬧了個大紅臉，微微掙扎了一下硬是沒奪回手臂。

霹靂姐連珠炮似地道：「我要跟你學功夫！我要跟你學功夫！你比那些坑蒙拐騙的江湖騙子強太多了！」

王小軍道：「你先放手，先把你們的事說清楚。」

霹靂姐道：「我們什麼事？」

胡泰來道：「我們是受這位陳同學的父親之託，來給你們和解的。」

霹靂姐嘴一撇道：「這算什麼事，看你面子我就不追究了——但是我要跟你學功夫！」

藍毛也附和道：「我也要學！」

王小軍正色道：「一碼歸一碼，還是都弄明白了比較好。」他指指陳靜道：「她把別人給你的情書交給了老師，是因為她不知情，你打她是不是不對？」

藍毛瞪眼道：「你算哪根蔥？」

胡泰來道：「你們聽他說完。」這會兒他的形象正籠罩在偉大正義的餘暉裡爍爍放光，藍毛頓時閉了嘴。

王小軍接著對陳靜道：「先不說她威脅你對不對，總歸是你把別人的東西弄丟了，你先給人道個歉行不行？」

陳靜訥訥道：「對不起。」

霹靂姐大咧咧道：「我不是說了嘛，我不追究了。」

王小軍一擺手道：「人家跟你道歉了，你打人一耳光的事怎麼說？」

霹靂姐冷眼道：「你想怎麼著？」

王小軍對陳靜道：「你也打她一個！」

藍毛忍不住道：「你敢！」

霹靂姐盯著胡泰來道：「是不是這事不完，你就不能教我功夫？」

胡泰來點點頭。

霹靂姐咬咬牙對陳靜道：「你打！」

陳靜低著頭不說話，也不動手。

霹靂姐道：「你要不打，我還得堵你！」

王小軍也道：「打！」

陳靜咬了咬牙，揚起手，最終只在霹靂姐臉上摸了一把。

霹靂姐冷笑道：「你不使勁，我也不會記你的情。」她扭頭問胡泰來，「現在行了吧？」

胡泰來認真道：「你真的想跟我學功夫？」

藍毛道：「還有我。」

胡泰來道：「學功夫可是很辛苦的。」

霹靂姐哼了聲道：「十幾年的學都上下來了，還有什麼苦不能吃？」

胡泰來道：「想學功夫得正式拜師，交學費。」

王小軍詫異地看了胡泰來一眼，根據他對他的瞭解，胡泰來似乎不是個能隨意跟人談條件的人。

·第三章·

盜帥楚中石

他的臉部輪廓頗為有型，是現在很流行的那種剛毅型美男，只是鼻子過高，有些帶鷹鉤，使他的臉部從側面看上去有幾分可笑。他隨即盯著王小軍冷峻道：「記住我的名字，我叫楚中石，盜帥楚中石！」

霹靂姐點頭道：「沒問題！」

藍毛怯怯道：「學費貴不貴啊？」

霹靂姐掃了她一眼道：「差多少，我替你交了！」

胡泰來道：「這樣，我給你們一天考慮時間，想好了，明天來鐵掌幫找我。」

「不用想……」

霹靂姐剛說幾個字就被胡泰來擺手阻止了，「就這麼定了。」

霹靂姐和藍毛一步三回頭地走了之後，陳靜有些局促地說：「謝謝你們……」

胡泰來道：「不謝，受人之託忠人之事。」

王小軍笑咪咪道：「其實你知道你真正錯在哪兒嗎？」

陳靜疑惑地看著他。

王小軍背著手侃侃而談道：「情書這種東西，你壓根就不該交給老師，不管是給誰的，這種事內部解決就好了，哪怕你看寫信的人順眼，截了胡也行啊。」

陳靜瞬間滿臉通紅。

王小軍道：「我這可是以過來人的身分給你的建議。」

胡泰來一拽他道：「行了，走吧。」

陳靜目送著二人的背影走遠，繼續低頭沉思。

王小軍和胡泰來兩個人意氣分發地走在回家的路上，兩人心情都不錯，畢竟教訓了牛寶算是做了件好事，連帶著王小軍也有種濟人危難的豪情。

他走著走著忽然一拍大腿。

「怎麼了你？」胡泰來問。

「我忽然想起來，你跟該提錢的人沒提錢——陳長亭電話也沒留一個，我們以後去哪找他？」

胡泰來對此倒是不大介懷：「事情咱們已經做了，心裡舒服就行了，錢不錢的無所謂。」

王小軍耷拉個臉道：「要是有錢，咱們晚上本來能吃燉排骨的。」

胡泰來馬上把手捂在肚皮上，哀叫道：「我中午就沒吃飽。」

王小軍笑咪咪地看著他道：「不過，你跟不該提錢的人倒是說到這個問題了——看不出啊，我以為你是那種為了武學苦心孤詣的人，真沒想到你居

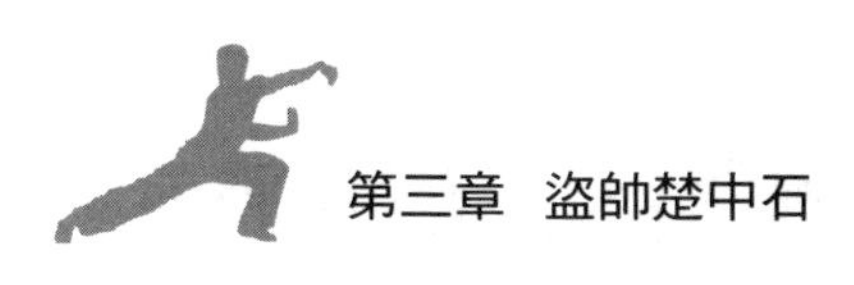

然沒忘了收學費。」

胡泰來拘謹道：「這也不是我要收的，我臨走前，師父交代過，我是正經出師，以後再拜別人為師不用等他的同意，收徒弟也不用徵求他的意見，不過拜師禮要行，學費一定要收。」

王小軍點頭：「嗯，行有行規，你師父是講究人。不過我很好奇你打算收她們多少錢？」

「還沒想好，要是你，你打算收多少？」

王小軍道：「收得少了我不願意幹，收多了怕她們打我，所以你的問題在我這沒有意義。」

兩個人到了家門口，前後腳進了院子，前廳裡傳來劈里啪啦的麻將聲，老頭們啃著李子，專注地打著牌。

「喲，老哥幾個又玩上了？」

王小軍打了聲招呼，幾個老頭是他這兒常客，他不在的時候，自己開門進來張羅司空見慣。讓王小軍意外的是謝君君居然也在。

「謝老闆還有心思玩吶？」王小軍無語道。

謝君君邊洗牌邊道：「不玩能怎麼著？范冰冰范爺教育我們：不要哭

泣，壞人會笑。」

他從椅子扶手上的塑膠袋裡掏出幾個李子，甩了甩上面的水，遞給王小軍和胡泰來，又奉上一個溫柔似水的眼神，「胡哥是吧，正式謝謝你，以後你去弄頭髮，永久免費。」

「呃，別客氣。」

王大爺打出骰子，盯著牌堆道：「小軍，一會兒我回去的時候你跟我走一趟，你大娘蒸包子，給你準備了一袋。」

王小軍樂呵呵道：「謝王大爺！晚飯又有著落了。」

張大爺把頭湊向王小軍神秘道：「新來那姑娘是怎麼回事？」

「你們都看見了？」

張大爺道：「我還以為是你新招的服務員呢，想讓她給打壺水，硬是一個白眼把我瞪回來了。」

王小軍笑道：「您是看走眼了，瞧那派頭就知道是跟家裡鬧彆扭的豪門千金，估計氣消了就會走，打水這種事還是交給我吧，畢竟我才是您老三位的御用使喚人。」

李大爺道：「還打什麼水呀，有錢有勢的大美女可不好找，你得把握機會一步登天！」

老頭說完，霸氣地把牌一翻，「屁胡！」惹得另外三家紛紛抱怨。

胡泰來小聲道：「我現在知道你的油嘴滑舌是跟誰學的了！」

王小軍也小聲道：「人老精鬼老滑，在漫漫的人生路上，咱都是新手，得跟人好好學學！」

到飯點牌局散了以後，仨老頭都走了，謝君君特意留下跟王小軍解釋了中午理髮館的事。原來中午那五個人是本地房地產老闆龐通派來的，原因是他想買謝君君的店面，謝君君沒有答應，而且拒絕過多次他的加價。

龐通算是市裡的知名人士，除了房地產以外，其他什麼行業賺錢就做什麼，是那種手眼通天人脈很廣的生意人，可想而知手底下肯定是養著一幫閒人，惱羞成怒打砸上門也就不奇怪了。

王小軍道：「他要你的店幹什麼？」

謝君君道：「說是要開一家玉石店，我聽人說，他是特意找風水師看過，說在我那塊地盤上賣玉絕對可以大發利市，這不是迷信嗎？」

王小軍問：「他開的價怎麼樣？」

謝君君道：「加到最後才跟現在市價差不多，可問題是，我壓根也沒打算賣！」

「為什麼？」胡泰來插了句嘴。

謝君君點了一根細長的菸，翹著蘭花指抽了一口道：「因為我這個店挺賺錢的！來我這的都是回頭客，換地方就是一大筆損失，而且幹買賣這事兒挺邪門的，就好比開飯館，在這個地方火了，你換到別處，哪怕是同樣的掌櫃大廚，裝修得更豪華也說垮就垮，我為什麼要冒這個風險？」

胡泰來道：「你這不是也挺迷信的嗎？」

謝君君噴了口煙，冷豔道：「我是給你們交個底，讓你們知道得罪了什麼人，你們的情我領了，我就不信現在這個社會還有人敢強買強賣，他龐通對外身分是不大不小的企業家，他要是想把事鬧大，我奉陪到底。」

王小軍小心道：「我要說你真是條漢子，不冒犯你吧？」

謝君君一招手：「討厭！」

「問句題外話——」王小軍道：「你那店現在究竟值多少錢？」

「二百多將近三百吧。」

「萬？」

謝君君瞪了他一眼道：「難道是塊？」

……

王小軍提著從王大爺家拿的包子，滿腦子卻是在想別的事，唐思思也不知從哪兒回來，跟他一塊進了門。

王小軍把包子放在中午吃飯的石桌上，胡泰來轉眼就吃了兩個包子，點頭道：「除了有點黃以外，味道還不錯——小唐姑娘下午去哪兒了？」

唐思思簡潔道：「出去轉轉。」

王小軍拿著一個包子支在嘴邊卻又不吃，眼睛望著天井念念有詞，胡泰來問：「你想什麼呢？」

王小軍夢囈似的道：「你看我給你算啊，謝君君那個店不到一百平米，值三百萬，我們這個院子加上屋子，起碼頂他三個吧，也就是說能賣個九百萬囉？」

王小軍說著自己也嚇了一跳，「我啥時候這麼有錢了？」

胡泰來跟著憨笑：「我就說你是富二代嘛。」

「傻瓜哦！」唐思思忽然開口道，「理髮館是臨街的店面，你這兒屬於住宅，而且你們這種二三線城市的四合院又不值錢，誰瘋了花一千萬買個大平房住著玩？所以買主就不好找。」

王小軍頓時洩了氣：「龐通怎麼不來找我呢？沒關係，他不找我我可以去找他，這個人我一定得找機會見見。」

唐思思冷靜道：「最主要的是，就算賣了也不是你的錢吧？」

「你怎麼知道？」王小軍愕然。

唐思思指了指麻將桌所在的方向。

王小軍嘆道：「我跟千萬富翁之間就差一個掌門了。」

胡泰來又拿起一個包子道：「我一直有件事不明白，鐵掌幫是你們王家創立的，就算你爺爺之後還有你爸，那你也應該是第三繼承人啊，退一萬步說，論資排輩，你大師兄在你之前，那你小師妹是怎麼跑你前頭的？」

「呃……」王小軍尷尬道：「難道是想鍛煉鍛煉我？」

唐思思小口咬著包子道：「就鍛煉成你這樣？」

王小軍無語道：「你會說話嘛？」

他發現這個女孩樣貌是甜美的，甚至不說話時臉上都梨渦淺現，可是一說起話來就冷颼颼的。

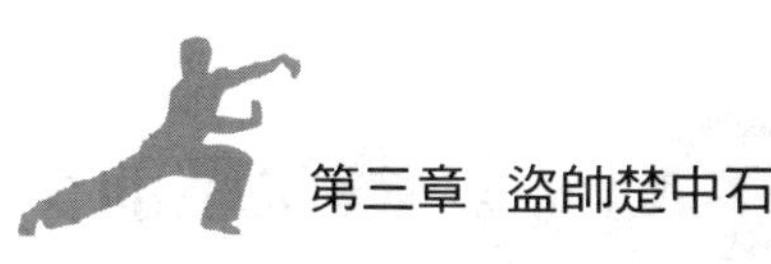

這會兒天已經完全黑了下來，遠處的天邊淡淡地掛了一彎月亮，王小軍起身去開院子裡的燈，剛站起來，突然一矬身又蹲下了。

「你幹什……」

胡泰來一句話沒問完就被王小軍用手勢制止了，他壓低聲音道：

「有人！」

胡泰來和唐思思順著他的手指看去，就見東邊的牆上赫然冒出個人頭來，他們三個身處樹蔭下，院子裡又沒開燈，所以這人並沒發現自己已經暴露了行跡。他像貓一樣整個人都翻到牆上，再一閃跳進前院，所有過程未發出一絲聲響。

胡泰來急忙小聲道：「現在怎麼辦？」

「咱們看看他要幹什麼？」王小軍童心大發道。

唐思思不屑道：「能幹什麼，你覺得他是來給你大掃除的嗎？——當然是賊！」

難為這姑娘居然也沒有半分慌亂。

王小軍貓下腰，順著牆根來到前後院的走廊間，胡泰來鬼鬼祟祟地跟在他後面，王小軍衝最後頭的唐思思使勁往下擺手，示意她不要被人發現。

三個人藏在旮旯裡注視著前邊的動靜，胡泰來忍不住伏在王小軍耳邊道：「咱這到底是誰打算偷誰啊？」

跳進來的那夜行人身量不低，面目看不清楚，最顯眼的是，他居然穿了一身白衣服，這貨打量了一下四周，首先衝進了前廳，就是白天老頭們打麻將的地方。

王小軍打頭慢慢挪到大廳門口，三個人仍舊是半蹲著伏在門後，胡泰來小聲問：「要不要來個甕中捉鱉？」

「不急，看他想拿什麼。」一副小貓抓到老鼠後要戲耍一番的得意和強大主人翁的自信不羈作派。

屋裡的白衣人大概正在翻箱倒櫃，就聽他自言自語地嘀咕道：「哎呀，這鐵掌幫怎麼這麼窮啊？」

唐思思險些笑出聲來，王小軍憤然道：「媽的，他倒嫌起我們來了。」

傍晚臨入夜時分，鐵掌幫前院出現了這樣一幕：闖入的不速之客嫌主人家窮，而主人則躲在門外和賊嘔氣。

眾人眼前白影一閃，白衣人已經出了前廳，轉身又進了西廂房。王小軍等人一愣，急忙也轉移到了西牆根。

只聽進屋的白衣人又抱怨道：「這都是什麼年代的古董——電視機連四十二吋的都不是，這五斗櫃……嘖嘖，現在誰還用這東西啊？還有個臉盆架，拍古裝戲的道具嗎？」

王小軍終於忍無可忍，霍然起身站在門口道：「那你想要什麼？」

白衣人背對著王小軍沒有回頭，也毫不吃驚，懶懶道：「早就知道你們跟我半天了，還偷偷摸摸地自以為高明，我想要什麼會自己找的，你問也白問。」

王小軍嘿然道：「行，你繼續裝啊，你就告訴我，你現在打算怎麼出這個門？」

白衣人道：「如果你是想抓我，何不來試試？」

「你在門口守著！」

王小軍囑咐了胡泰來一聲，猛然衝進去，胳膊探向白衣人，白衣人看似沒動，肩膀一塌已閃到了王小軍身後。

胡泰來眼見他避開了王小軍，然後眼前一花，白衣人背衝自己貼了上來，胡泰來斷喝一聲，出手如電地抓向其後領子，白衣人的身子左一扭右一轉，動作未必多快，卻往往在間不容髮的關頭躲開胡泰來的手，胡泰來明明眼看就要抓住他的衣服、他的肩膀、他的頭髮，卻又一一失手，彷彿只是面對虛幻的色彩抓了一把。

白衣人掠過他，已到了院子中央。

胡泰來驚異地看著自己的手掌，懷疑剛才是一場夢境，他想不到以自己的身手守在門口，居然還被對方硬生生逃了出去，白衣人的身法實在是太詭異了！

王小軍跺腳道：「你怎麼看的門——」他忽然扯著嗓子喊起來，「抓小偷啊！」

胡泰來大步衝去，白衣人關節不動，身子卻穩穩地飄上了牆頭，就像有人用綱絲把他吊上去的一樣。

他本來始終不曾回頭，這會兒聽了王小軍的喊聲，猛然轉過臉憤然道：「我不是小偷，是盜帥。」

唐思思抬頭看了一眼，緩緩點了點頭道：「嗯，長得還行。」

白衣人向她展顏一笑：「小心哦，我也是會偷心的。」

他的臉部輪廓頗為有型，是現在很流行的那種剛毅型美男，只是鼻子過

高，有些帶鷹鉤，使他的臉部從側面看上去有幾分可笑。

他隨即盯著王小軍冷峻道：「記住我的名字，我叫楚中石，盜帥楚中石！」

王小軍戟指大罵：「帥你娘的腳，有本事你下來！」

楚中石輕蔑道：「有本事你上來！」

「哇靠?!」王小軍開始滿地找磚頭。

楚中石俯視院落，淡淡道：「鐵掌幫居然是徒有虛名，不妨告訴你們，我以後還會來的。」說完飄然而去。

王小軍眼望牆頭良久無語，許久才開口道：「我現在有點傻眼——剛才那貨是不是會高空彈跳？」

「早先聽我師父說輕功並沒有失傳，想不到今天真見著了，而且神奇至此！」胡泰來一臉悠然神往的表情。

「輕功？什麼輕功？哪有這種東西？」王小軍一頭霧水。

胡泰來苦笑：「我明白，在我之前你甚至不相信有功夫。」他凝神道：「這個楚中石知道這裡是鐵掌幫，說明不是瞎撞進來的，你們鐵掌幫有什麼好東西值得偷嗎？」然後補充了一句，「比如說武功秘笈之類的。」

王小軍愈發茫然：「秘笈？這東西就更沒有了！」

唐思思悠然道：「鐵掌幫的第四順位繼承人，是一個人不在江湖，江湖上也沒有他的傳說的江湖人。」

「……你不黑我會死啊？」

……

躺在床上的時候，王小軍回想著這一天發生的事，腦子裡可謂紛繁複雜。今天聽到頻率最高的詞就是「武林」「江湖」，他第一次感覺自己和這兩個詞距離這麼近，可又絲毫理不出頭緒，一切仍像夢境般虛幻不可捉摸。

他模糊地記得自己是十六歲那年才正式加入鐵掌幫，爺爺搞了一個看起來就很敷衍的入幫儀式，那時大師兄也在，父親則全程冷眼旁觀。

父親是從小就堅決反對他練武的，對此王小軍也沒什麼特別的感受，反正他對所謂的武術也沒有興趣。他對父親的行為自發地理解為是「木匠家庭不希望後代繼續當木匠」，或者「廚子世家不希望後代繼續當廚子」的概念，僅此而已，於是後來他把鐵掌幫改成麻將館也沒任何心理負擔，不過是謀生的手段不同罷了。

對於胡泰來的出現他也沒多想，中國有那麼多人，出幾個奇人也沒啥大不了，至於楚中石，此人跳高的能力倒是讓他有些吃驚，不過還是那句話，中國人那麼多，沒啥大不了。再後來，他就睡著了……

天還沒亮的時候，王小軍迷迷糊糊覺得胡泰來像是出了屋，他又睡了一覺起床後，發現胡泰來已經在前院把自己練得汗津津的——他在院子裡一圈一圈地快速移動著，步距大頻率慢，配合著這種步伐，胡泰來雙拳虎虎生風，每次經過身邊都能感覺到一陣寒意。

「老胡，練了多長時間了？」王小軍端著漱口盆問。

胡泰來緩緩收步、撤拳、調息，這才微微一笑道：「兩個多小時，今天的基本功做完了。」

「你每天都這麼練嗎？」

「是的。」

「嗯，你練吧。」王小軍含了口水準備刷牙。

胡泰來收了架勢，仍然晃著膀子在院子裡溜達，眼睛不時地往門口張望，似乎是在等什麼人。

「噗——」王小軍刷完牙，問，「你是盼著那倆小妞吧？」

胡泰來愁眉苦臉道：「不是盼，是怕！我真不知道她們要是來了我該怎麼辦，但願她們就是一時興起吧。」

他的願望落空了——大門一開，霹靂姐領著藍毛走進來。

霹靂姐笑嘻嘻道：「師父，我們來了！」

胡泰來只覺頭皮發緊，使勁擺手道：「先別叫師父！」

跟在霹靂姐和藍毛後面進來的這個人卻讓王小軍和胡泰來大跌眼鏡，居然是陳靜。

「你怎麼也來了？」胡泰來奇道。

「我也想跟你學功夫。」陳靜怯生生道。

藍毛不屑道：「你是怕我們學會了找你麻煩吧？」

「你們今天不上課嗎？」王小軍問。

霹靂姐誇張道：「今天星期日啊大哥，你還給不給我們留條活路了？」

胡泰來站在臺階上，有些尷尬道：「正式拜師之前，我有幾句話要說。」

霹靂姐道：「師父你說。」

胡泰來有些結巴道：「這個……學功夫是件辛苦事，如果你們只是覺得好玩想嘗嘗鮮就跑的，我勸你還是趁早別來，另外，我的門派叫黑虎門，入了我這個門就得聽門裡的規矩，如果做出什麼大逆不道、欺師滅祖的事來，

我這個當師父的可會翻臉無情。」

霹靂姐嘿嘿一笑道：「我們能做什麼大逆不道的事，師父你就直接講重點吧。」

胡泰來道：「好，那我就把黑虎拳的規矩說一遍，第一，凡我門人要另投他師須得師父點頭，這你們能做到嗎？」

藍毛理順思路道：「就是說跟你這報了名，就不能再去別的跆拳道館之類的地方了是吧？」

胡泰來愣了一下道：「跟同道切磋學習是另一碼事，只要不叫對方師父就行。」

三個女孩一起點頭。

胡泰來道：「第二，藝成之後要開山立派，也須得師父同意，你們做得到嗎？」

霹靂姐和藍毛面面相覷，忽然一起咯咯笑個不停：「我們開什麼山啊，又不是愚公。」

胡泰來表情認真道：「你們能不能做到？」

女孩們又點頭。

胡泰來道：「第三，同門之間需得仁義友愛，不得恃強凌弱，你們做得到嗎？」

王小軍插口問霹靂姐：「你不找陳靜麻煩了吧？」

霹靂姐不耐煩道：「多大點事兒呀，我霹靂說過就過了。」她斜眼看著陳靜道：「以後我見了你，躲著走行了吧？」

王小軍蹲在臺階上笑嘻嘻道：「躲著走不行，沒聽你師父說麼，要仁義友愛！」

霹靂姐無語道：「怕了你，我錯了行嗎？」

胡泰來忽然有些臉紅道：「第四條，弟子有義務奉養師父……」

藍毛似乎最為關注這個問題：「說到底，一個月要多少錢學費呀？」

胡泰來愈發不好意思道：「這……當年我交給師父的是每個月工資的三分之一，你們也照辦吧，以後每個月零花錢三分之一交給我，逢年過節隨便拎點東西也就是了。」

霹靂姐笑嘻嘻道：「有趣，我們一定照辦。」

胡泰來道：「鑒於你們的情況，我得額外問一句：你們跟我學功夫，家裡同意嗎？」

霹靂姐胳膊搭在藍毛肩膀上道：「我們兩個都是在家裡說了就算的那種，就是不知道別人什麼情況了。」說著，瞟了陳靜一眼。

陳靜一字一句道：「我跟您學功夫，我爸是親自同意了的。」

王小軍頗感意外，他看得出霹靂姐和藍毛屬於不好好上學的所謂問題學生，但陳靜這類學霸，在高二這麼關鍵的時候，陳長亭居然肯放她出來瞎胡鬧就不好理解了。

胡泰來道：「拜師得向師父磕頭，你們沒有問題吧？」

霹靂姐和藍毛對視了一眼，似乎覺得更有意思了，一起道：「沒有！」

陳靜也搖了搖頭。

胡泰來道：「好，既然都沒問題，那我再重申一遍，入我黑虎門，就是黑虎拳的傳人，以後要遵守門規勤奮學藝！跪下磕三個頭！」

霹靂姐三人似乎是被他鄭重的語氣感染，這時毫不猶豫一起跪在胡泰來面前磕了三個頭。

胡泰來滿頭大汗道：「起來吧，以後你們可以叫我師父了。」

經過幾句閒聊，王小軍大體瞭解了胡泰來這三個女徒弟的背景。

霹靂姐本名歐雪，她父親是做皮毛生意的，也就是女人們穿的貂皮大衣，母親在服裝批發市場有個很大的攤位，屬於典型的暴發戶家庭，也導致霹靂姐從小疏於管教，加上她有六七分姿色，從初中開始就跟一些不三不四的人惹是生非。

「霹靂姐」的諢號是因為她脾氣直來直去，看不慣的從不給人留面子，跟那些正經的混混還是有區別的。

藍毛叫白珍珍，父母都是工廠的工人，白珍珍就是那種書念不好、家庭不好、自己也沒什麼心氣的混日子型女孩，是霹靂姐的閨蜜和粉絲，自然也受了她不少好處。

陳靜是單親家庭，父親陳長亭，王小軍和胡泰來都見過，具體幹什麼的不清楚，但肯定條件優越，能感覺得出陳長亭對女兒是很溺愛的。

行過了拜師禮，霹靂姐這才發現哪裡不對，問胡泰來：

「師父，外面的牌子上寫的不是鐵掌幫嗎——咱們黑虎門為什麼在別人的地方教功夫啊？」

胡泰來嘆道：「你師父現在是寄人籬下——這位是鐵掌幫的王小軍，你們也來正式見過一下吧，我們兄弟相稱，按輩分，你們要叫他師叔。」

白珍珍掃了一眼王小軍，質疑道：「他才比我們大幾歲啊就當師叔？」
她忽然曖昧一笑道，「我看是應該叫師娘吧？」
胡泰來一時沒明白，懵懂道：「什麼師娘？」
霹靂姐也嘿嘿笑道：「師娘不是都承認了嗎——你們住在一起，放心師父，我們的心態都很開放的，你出櫃又不影響教我們功夫。」
王小軍對胡泰來抱怨道：「看，我就說那種話不能亂說吧！」
藍毛也道：「是啊師父，你別有負擔，性向跟價值觀不矛盾，我們尊敬的是你這個人。」
王小軍意外道：「你不是學習不好嗎？這麼這種詞兒一串一串的？」
這時，唐思思從裡院走了出來，見聚了一大堆人，愕然道：「這兒是發生了什麼事？」
王小軍如遇救星，大聲對霹靂姐道：「誒，你怎麼不說這是你師娘？」
霹靂姐和藍毛面面相覷，一起嘻嘻哈哈道：「我們就挺你和我師父是CP（編按：意指情侶），那種英雄搭美女的爛梗，我們早就不愛玩了。」
陳靜也掩口低笑。
王小軍崩潰道：「現在的孩子都在想什麼啊。」

胡泰來假裝面色一沉道：「不許沒大沒小，不是練功夫嗎，開始吧！」

其實誰都看得出他色厲內荏，可三個女孩居然吃他這一套。

霹靂姐興奮道：「師父，你今天打算教我們什麼？」

「跟著我做！」

胡泰來雙腳站好姿勢，平平擊出一拳，女孩子們急忙跟著一起做，胡泰來又緩緩踢出一腳，這樣拳腳運動往復了十幾次，接著站直身道：「熱身完畢，今天我先教你們蹲馬步。」

藍毛失望道：「蹲馬步我們會，師父，你教我們點厲害的吧！」

霹靂姐附和道：「就是嘛，就是嘛。」

王小軍和唐思思覺得有趣，一個扶著簷柱，一個坐在臺階上津津有味地旁觀著。

胡泰來欲言又止地掃了她們一眼，然後正色對徒弟們說：

「蹲馬步是最重要的基本功，不打好底子，什麼都幹不成，所謂練拳不練功，到老一場空，下面你們都跟我做！」

胡泰來雙腳分開，腰身下沉，雙拳攥緊放在腰眼處，整個人呈現一種平整的氣韻，肩膀大腿和小腿都是呈九十度角，就如同一個「呂」字。

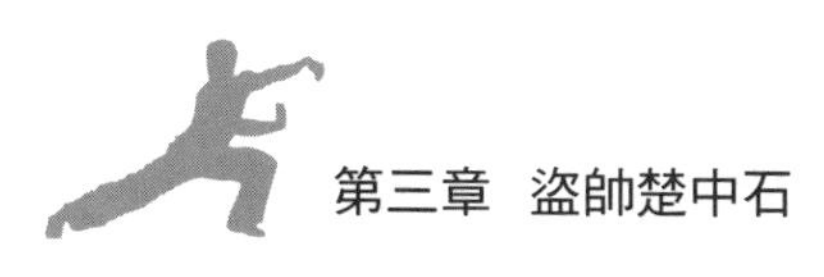

唐思思托著腮道：「這個馬步漂亮！」

霹靂姐無法，只得跟著做出相同的姿勢，嘴裡嘀咕道：「這蹲半天有什麼用呀？」可是才過十幾秒鐘她就哀叫道：「看著簡單還挺難受的。」

胡泰來不為所動地道：「蹲下！我要看看你們三個的基本功，也就是根骨如何，才能決定怎麼教你們。」

王小軍幸災樂禍地道：「別把考試搞砸了啊，進速成班還是普通班就看你們自己了。」

女孩們聞言，這才認真起來，三個人學著胡泰來，在院子當中蹲成一排，擺起架勢。

胡泰來道：「馬步有窄馬寬馬之分，我們黑虎門所蹲的是寬馬，蹲下時，意守丹田心無旁騖……」

話音未落，藍毛蹦了起來：「不行不行，太難受了，我堅持不了了。」

胡泰來無奈道：「年紀輕輕怎麼這點恆心也沒有？」

藍毛見霹靂姐和陳靜都沒動，只好又蹲下去，可是動作已經完全失了標準。

霹靂姐用眼角的餘光看了看身邊的陳靜，盡力保持不動，可是腿上的肌肉已經抑制不住地顫抖起來，她看得出陳靜也很難受，有細微的汗水從她鬢角上流了下來，霹靂姐冷笑道：「受不了就起來吧。」

陳靜不搭話，表情越來越不輕鬆。誰都看出來這是兩個人之間在較量。

這時門口傳來一陣熱鬧的寒暄聲，張王李三位大爺各自端著茶杯、手裡夾著菸魚貫而入，謝君君尾隨在後——這四位按時按點的來王小軍這「上班」來了。

別問他們為什麼能這麼準確地聚在一起，打過牌的人都知道，麻將是最需要一個小團體同心同德的遊戲，要想玩就得湊齊四個，如果是一個人等三個人那還好說，兩個人先到的情況下還可以聊聊天，最怕的就是三個等一個，這在行業術語裡叫「三缺一」，這時候往往是最難受的時候，就算你的情敵債主忽然出現，你也巴不得先拽著他打上四圈再說。

從這個角度來說，三個大爺和謝君君的組合堪稱業內典範，幾乎沒有發生過三缺一的情況。

仨老頭進來也是一愣，往常的鐵掌幫可沒這麼熱鬧。

張大爺道：「喲，這是幹嘛呢？」

王小軍道：「胡大俠在傳道授業，黑虎門今天喜添新人！」
王大爺道：「我們不用隨分子吧？」
胡泰來蹲著馬步客氣道：「讓您見笑了。」
王小軍張羅著把飲水機插上，把煙灰缸倒掉：「幾位裡邊請！」
李大爺饒有興致地道：「不忙，我們看看。」
就這樣，三個老頭在屋簷下站成一排，聚精會神地看女孩們紮馬步。
這會兒，霹靂姐和陳靜都已經蹲了快一分鐘，兩個人都到了崩潰的臨界點，終於，霹靂姐先起身道：「我服了，行了吧？」
藍毛在一旁抱著膀子道：「好學生都是這樣，死撐！」
陳靜表情痛苦，雖然霹靂姐認輸，但她還在堅持，緊咬牙關，兩條腿像風中柳絮一樣飄擺不已。
胡泰來見狀道：「堅持不住不要勉強，小心弄傷自己。」
陳靜微微搖搖頭，又撐了十秒左右才虛脫地站了起來。
王小軍下意識地問唐思思：「新手第一次蹲馬步一分鐘，算什麼成績？」
唐思思隨口道：「不錯了，不過堅持到最後的那個女孩身體底子並不是最好，但她有股拼勁兒。」又指了指霹靂姐道：「那個女孩身材勻稱，四肢肌腱長，是塊好材料。」

說到身材勻稱，王小軍這才發現仨老頭還在看熱鬧，忍不住道：「你們怎麼還不玩去？」

李大爺笑咪咪道：「不急，我們再看會兒。」

王小軍笑道：「人老心不老啊？」

謝君君不耐煩道：「幾個小女孩做操有啥看頭？」說著先進屋去了。

就在這時，門口忽然停下一輛漂亮的紅色跑車，一個俊俏的女孩提著兩大袋補給品快步走來，人未至，銀鈴般的聲音已經清脆地傳了進來：

「二師兄，你還沒回你的高老莊啊？呵呵呵呵。」

聽到這個聲音，仨老頭臉色大變，一溜煙地逃竄回屋，使勁摔上房門，打起了無聲麻將。

王小軍苦笑道：「這個小姑奶奶怎麼今天有工夫……」

他話音未落，俊俏女孩已經進了院子，當她看到院子裡還有一大幫人時，俏生生的臉上浮現出一層不悅之色。

王小軍陪著笑臉道：「小師妹，今天不忙啊？」

這俊俏女孩正是鐵掌幫最小的弟子，王小軍的小師妹段青青。

段青青把東西放在臺階上，瞪了王小軍一眼道：「來看看你死沒死！這些人是什麼情況？」

胡泰來急忙起身抱拳道：「在下是黑虎拳門下胡泰來，這幾個是我新收的徒弟——」

他話沒說完，段青青已經叫了起來：「王小軍你越來越胡鬧了！把鐵掌幫改成麻將館我也就不說你了，現在你居然把這裡搞得烏煙瘴氣！」

王大爺隔門聽音，靜悄悄地往牌堆裡打了一張牌，道：「看來小丫頭還是給咱們留了面子了——至少咱們以前不烏煙瘴氣。」

王小軍只覺頭大，段青青的脾氣他最瞭解，是個眼裡揉不得沙子的姑奶奶，「霹靂姐」這麼好的外號放在歐雪身上簡直就是暴殄天物。這個小師妹只有在心情好的時候才會喊他「二師兄」，不高興了就變成「王小軍」，發起火來那就是「姓王的」了，這麼說來她還沒有暴走。

胡泰來被晾在當地，霹靂姐可不幹了：「這位姐姐，說話有點難聽啊，怎麼我們就成了烏煙瘴氣了呢？」

「誰是你姐？」段青青掃了她一眼，壓根就沒把她當回事，兩個女孩年紀相差不大，但段青青就是有股目空一切的氣勢。

王小軍哀求道：「都是朋友，你給我點面子行不？」

段青青盯著胡泰來道：「你們黑虎拳我以前怎麼沒聽說過？」

胡泰來一板一眼地認真答道：「小門派，知名度不高。」

「不會是招搖撞騙的騙子吧？」

霹靂姐怒道：「我師父一拳就打能死藏獒！」

「跟狗過不去？呵呵。」

這下霹靂姐真的毛了：「有本事你跟我師父單挑啊！」

陳靜忽然插嘴道：「這位姐姐，我師父跟你師兄是朋友，我們在這裡教學不知道哪裡冒犯你了，你不瞭解一下情況就說我們烏煙瘴氣，是不是不太合適？」

段青青冷笑道：「這丫頭說得對，我衝你們發火是浪費感情，還得找罪魁禍首——王小軍，用不用我把師叔請回來讓他評評理？」

王小軍苦笑道：「你怎麼哪壺不開提哪壺？」

唐思思忍不住好奇道：「你師叔是誰？」

王小軍小聲道：「就是我爸，我爺爺和我爸的功夫都是我太爺爺教的，所以在幫裡他們算是師兄弟。」

唐思思道：「那你爸怎麼稱呼你爺爺？」

「當然也得叫爸，這叫公私分明。」

段青青瞪了一眼唐思思道：「別人都練功夫，你怎麼不練？」

唐思思淡然道：「我不是黑虎門的，我只是一個走投無路的路人甲，你師兄收留了我，你要看我也不順眼，我這就走。」

「嗯？」段青青用懷疑的目光看著王小軍。

王小軍舉起手：「她真是我撿的，我倆清清白白！」

段青青對唐思思道：「既然不關你事，老實待著！」

她倒是喜惡分明。

胡泰來不安道：「既然貴幫裡有人反對，那我們以後換地方就是了。」

還不等王小軍說什麼，段青青道：「他是他，我是我，我們鐵掌幫的人說話不是放屁，既然他答應了，你也老實待著。」

就在這時，大門被人一腳踹開了，為首的是一個鐵塔般的青年，接著十來個人魚貫而入，這些人都打扮俐落，一看就是武行裡的學徒，他們進了院子，分站兩邊也不說話，一起怒目看著王小軍和胡泰來。

王小軍納悶道：「各位有何貴幹？」

鐵塔般的青年往邊上一閃，露出一個穿著花襯衫的削瘦中年人。

這人四十歲上下，留著兩撇小鬍子，盯著胡泰來，嘴角撇了撇道：「是不是這個人？」

他身後那個猥瑣的後生戰戰兢兢道：「就是他。」正是調戲過霹靂姐的牛寶。

「你給我過來！」

鐵塔青年伸手把牛寶拎出隊列，大聲問王小軍，「這人你們認識嗎？」

王小軍和胡泰來對視一眼，頓時胸中了然，早知道牛寶不是善類，沒想到他這麼快就找人報仇來了。

王小軍樂呵呵道：「認識，至於怎麼認識的，你問他自己，我這正好有幾個證人也在，他說的不對的地方，我讓她們給你補充。」

霹靂姐和藍毛搶先告狀道：「是這個王八蛋攔路打劫我們，還想占我們便宜！」

牛寶顯然沒想到霹靂姐和藍毛她們也在，心裡一虛，結結巴巴說不出話來了。

小鬍子眼光一閃，搶過話頭道：「我表弟有什麼得罪的地方，我先代他陪個不是，我就想問問，我那狗是誰打死的？」

胡泰來上前一步抱拳道：「是我打死的。」

小鬍子嘿然道：「閣下是哪位？」

「我是黑虎拳門下胡泰來，昨天的情況是這樣的，當時……」

小鬍子打斷胡泰來，裝模作樣地四下張望道：「這不是鐵掌幫嗎？怎麼還有別的門派的人？」

王小軍看得明白，這個中年人每每避重就輕，這事兒恐怕不能善了，對方來勢洶洶，應該沒有像尋常混混那麼好對付，現在在場的都是小女生，打起來有得亂了。

胡泰來也看出了對方的意思，索性道：「看來都是江湖同道，不知怎麼稱呼？」

小鬍子微笑道：「好說，我們是虎鶴蛇形拳的人，跟鐵掌幫雖然同在本地，一向不曾拜會，也是不打不相識，原來我的狗是死在朋友的朋友手裡了——別誤會啊，我們不是來興師問罪的，只是覺得借這個機緣巧合來結識一下同道，也算是緣分一場。」

王小軍見胡泰來眼睛發亮，小聲道：「你別聽他放屁，這是真正來踢館的，你對付得了嗎？」

胡泰來懷疑地道：「可他明明說……」

「別天真了，結識朋友用得著帶十多號人來嗎？你就等著人家群毆你一個吧！」段青青掃了一眼說這話的王小軍道：「算你還不傻！」

果然，小鬍子在那鐵塔漢子的肩膀上一拍：「既是武林同仁，見了面不可失之交臂，這是我師弟武經年，朋友們都管他叫大武，就讓他和這位胡兄弟切磋切磋怎麼樣？」

大武呼啦一下甩掉外衣，露出肌肉虯結的雙臂，滿眼精氣暴漲，喝道：「師兄跟他們說那麼多幹什麼？打我們虎鶴蛇形的狗，就是打我們虎鶴蛇形的人！」

王小軍手一指他道：「說清楚，你們到底是人是狗？」

這一句話惹得在場的女生們咯咯嬌笑，連張王李三個大爺也是相顧莞爾——這仨老頭在門被踹開那一刻，就一起搬著椅子在屋簷下坐成一排了。

大武自覺失語，森然道：「別廢話，你要是輸了，跟我們磕頭認錯，照狗價賠錢！」

胡泰來點頭：「這話說得才夠明白了，我沒意見！」

霹靂姐抓著藍毛的手興奮地喊：「咱們第一天拜師，就能看到師父和人比武啦！」

藍毛憂慮道：「師父不會輸吧？」

「廢話，當然不會！」

場中央，兩個漢字都是一般高大，一般威勢逼人，眼看就要開打，段青青忽然脆聲道：

「慢著！這是我們鐵掌幫的地盤，那個虎鶴什麼門的要找場子可以，別在我們這裡鬧事，但你既然來了，就由我來奉陪，別讓人說我們鐵掌幫不懂事，讓外人在自己家裡把朋友欺負了。」

小鬍子冷冷道：「你又是哪位？」

「你別管我是誰，只需要知道我是鐵掌幫的人！」

小鬍子似乎沒把段青青的話當真，衝大武一揚手道：「繼續！」

胡泰來衝段青青一笑道：「妹子放心，我也不是隨便就能讓人欺負了的。」

王小軍低聲道：「師妹，就算你要胡鬧，也得想想咱們的幫規，除了幫主以外，別人不能隨便動手。」

段青青憤憤地一跺腳，不再說話了。

·第四章·

我只會蛋炒飯

唐思思從廚房裡探出頭來道：「我告訴你們一件事，是我的秘密。」胡泰來和王小軍對視了一眼，唐思思終於要說她的身世秘密了！

唐思思點點頭道：「其實我只會蛋炒飯這一門手藝，別的都不會做，這就是我的秘密。」

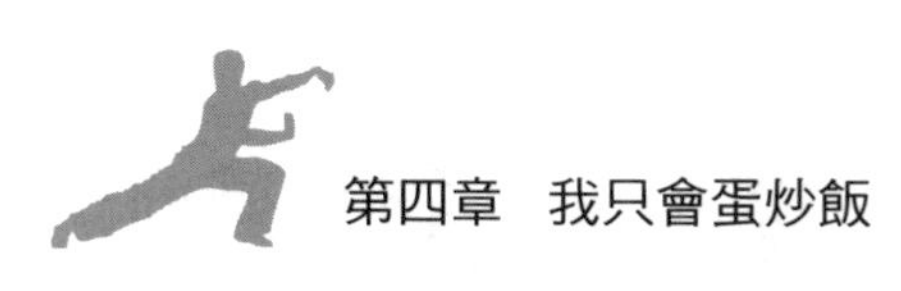

這一次大武和胡泰來都沒有囉嗦，兩個人都是斷喝一聲撲向對方，兩個拳頭幾乎同時擊了出來。

「啪！」胡泰來出拳的胳膊一抖，將大武還在中途的拳頭崩得一歪，自己的拳絲毫不受影響，大武左臂像蛇一樣冷不丁暴起，把胡泰來的拳頭也帶歪了。

二人這一遞招就知道對方是勁敵，不禁多了幾分凝重。胡泰來的門派叫黑虎門，簡單的稱謂也代表了簡單的招式，動作中每多虎撲，就如猛虎下山，雙拳變化不多，卻都是直接有效地打擊對手上路；他的打法更像是一個拳擊手，看似單調的進攻中配合的步法卻精密靈動，可想而知，只要一招奏效，對手就很難吃得消。

而所謂虎鶴蛇形也是直指主題，這三種動物全不搭界，虎主兇猛，鶴主靈動，蛇主刁鑽，從場面上看，大武的進攻方式要多於胡泰來，一會兒力大招沉，一會兒突施暗箭。

大武揮出一拳迫使胡泰來退開半步，身子冷不丁高高躍起，雙腿繃直踹向胡泰來胸口，其形象正是一隻憤怒進擊的仙鶴。

王小軍猛擦冷汗道：「壞了壞了，人家會用腿，胡大個兒只會用拳。」

霹靂姐等人也抱著和王小軍一樣的心思，藍毛咋咋呼呼道：「糟了，師父要輸了！」

胡泰來雙拳一錯，把大武從半空中攬了下來，利用驟然貼近的距離發動猛攻，大武則用蛇手化解，兩個人忽近忽遠打得難解難分。

大武喝道：「誰也別躲，比比拳速！」

胡泰來點點頭，朗聲道：「好！」

二人站定方位，四隻拳頭快捷無比地轟向對方，這次卻是誰也不躲，全憑以快打快，將對手的拳頭接住，就聽「砰砰啪啪」的骨肉相撞聲，像鼓點一樣密集。

王小軍吸了口冷氣道：「這手得多疼呀？」他邊說邊端詳自己的手，「看來咱們祖師爺還是有先見之明的，用掌確實要舒服一點。」

段青青無語地看著他，就像看外星人一樣。

場上二人互相僵持了半天，大武喝道：「比不出結果，打法照舊！」說著一矬身閃了出去。

胡泰來哈哈一笑道：「倒是也滿痛快！」

他本來是個武癡，這會兒遇見了水準相近的對手，精神越來越健旺，追著大武攻了過去——這時候，不同的心態起了決定作用，胡泰來遇上強手是興奮驚喜兼而有之，大武同為本門的翹楚，這時卻有些心浮氣躁，他需要短暫的休憩來組織新的打法，於是避開胡泰來的風頭四處遊走。

兩個人在院子裡展開游擊，圈子也越跑越大，陳靜和霹靂姐幾個女生不自覺地往後移了十多步。

段青青若無其事地站在那裡看著，臉上表情本來很輕鬆，好巧不巧，這時大武被胡泰來逼到她面前，大武下意識地伸手要推開段青青，就聽兩個聲音同時響起：

「讓開！」

「起開！」

後一聲是發自段青青，她厭惡地一揮手，大武盯著她那隻白玉似的手掌，竟不自覺地回身避讓，而這時胡泰來的拳頭堪堪襲到，「砰」的一聲打在大武肩窩上，饒是他急忙收回了幾分力道，大武仍然被打得飛出老遠。

「你……」大武掙扎起來坐在地上，滿臉懊惱吃了暗虧的樣子，但他好像馬上想明白了一些事情，眼中驚懼的神色一閃，爬起來悄無聲息地回到了小鬍子身邊。

「你沒事吧？」胡泰來憨厚地問了一句。

大武只是搖搖頭，顯然這點皮外傷還不嚴重。

「耶——師父贏了！」

此時此景，連陳靜也忍不住和霹靂姐她們一起歡呼起來，胡泰來急忙用眼神制止了她們。

小鬍子見大武落敗，臉上一紅一白地很難看，勉強擠出一個微笑道：「果然好功夫。」

胡泰來卻還沒打過癮，興致勃發道：「你師弟輸了你來啊，貴派的武功其實精妙得很啊。」

小鬍子嘿嘿乾笑道：「我就不獻醜了。」

大武怒道：「姓胡的，雖然你贏了也別得意，就你這種成色，在我師父面前絕對走不出十招去！」

霹靂姐道：「吹牛誰不會呀，要我說，你師父恐怕連我師娘也打不過！」說著還衝王小軍拋了個媚眼。

胡泰來揮手讓她閉嘴，客氣地道：「既然各位朋友沒有興致了，那我也不勉強，改日一定誠心拜訪前輩去。」

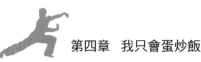

小鬍子仍是乾笑，冷不丁抓住牛寶的脖頸子把他拽到身前，使勁把他的腦袋按了幾下道：「你這個不省事的東西，還不給胡兄弟賠禮道歉？」

牛寶在被迫之下形似鞠躬，嘴裡連連道：「我錯了，我錯了。」

胡泰來尷尬道：「算了吧。」

小鬍子放開牛寶，笑道：「切磋完了，我們再來說說另一碼事吧。」

胡泰來納悶道：「還有什麼事？」

小鬍子道：「我表弟替我遛狗的時候得罪了胡兄弟，現在也給你賠過禮了，可那狗是無辜的，主子讓牠咬人那是牠的本分，你把牠打死這事又怎麼算呢？」

胡泰來道：「這事不是完了嗎？」

小鬍子擺手：「不不不，是兩碼事。」

胡泰來這才體會出小鬍子的險惡用心，怒道：「那你想怎麼樣？」

小鬍子施施然道：「你不要以為你功夫厲害就能逞強，我們這十多個人要一擁而上，恐怕你也不靈吧？」

不等霹靂姐發怒，唐思思坐在臺階上悠然道：「喲，說到底還是要人多欺負人少啊？」

張大爺捋著鬍子道：「我說也是你們不對，先前不是說好你們贏了才賠錢嗎？」

小鬍子帶來的人一起怒指向張大爺，老頭哧溜一下搬著椅子回到了麻將桌前，連帶著李大爺和王大爺也瞬間轉移，四個人繼續打牌，像從來沒動過似的。

胡泰來情知小鬍子說得不錯，這十多個人就算不如大武，自己一個人絕對對付不來；自己倒還好說，這滿院子的人怕是也要跟著倒楣。

他皺眉道：「你想要多少錢？」

小鬍子得意洋洋道：「這狗是我花了十多萬從牧區買來的，跟你要十萬不多吧？」

王小軍很誠意地問小鬍子：「你怎麼這麼不要臉呢？」

王小軍自小從爺爺老爸那裡耳濡目染，規矩還是知道一些的，走江湖說話不算，那就是下三濫，他不是江湖人，這種氣他可沒受過。

小鬍子的本意很明白，讓大武先教訓胡泰來一頓，然後將面子和錢都找回來，大武現在先丟一局，於是小鬍子凶相畢現。

胡泰來漲紅了臉道：「錢我以後一分不少地給你。」

小駋子冷笑道：「可我信不過你。」

段青青道：「鐵掌幫的朋友打了你的狗，就是我們鐵掌幫打的，這錢我給你，你是要現金還是轉帳？」

小駋子擺擺手：「誰打了我的狗我找誰，你們鐵掌幫不是想強出頭吧？以後傳出去，你們兩個幫派聯合起來欺壓我們虎鶴蛇形拳，那理虧的就是你們了。」

王小軍道：「我們就強出頭了怎麼著？」

段青青冷靜地按住他，小聲道：「這老小子十分陰毒，這個雷我們不能背！」

「怎麼不能背了？」王小軍臉紅脖子粗地說。

段青青道：「傳出去，你爺爺和你爸那兒你沒法交代，我爺爺那兒，我沒法交代。」

「你爺爺……」

王小軍說了一半就知道段青青說的是實情，段家背景複雜，憑她的身分在鐵掌幫學藝就夠驚世駭俗的了，再和江湖人起了爭端，她們家人非得弄死她不可。

胡泰來笑笑道：「小軍，所有的事都因我而起，我自己善後。」他面向小鬍子道：「我沒那麼多錢，你還有沒有別的解決方法？」

小鬍子發狠道：「沒錢就給我跪著去，就跪在我們門口，直到什麼時候我們滿意為止！」

胡泰來雙眉倒豎，抓著王小軍肩膀道：「你就答應我一件事，一會兒打起來保護好女的！」

王小軍崩潰道：「你這是要自殺啊？」

小鬍子沒想到胡泰來忽然爆發，和十幾個師弟一起警惕，只要胡泰來再往前一步就要大打出手。

這時唐思思從地上站起來，伸個懶腰道：「我不是鐵掌幫的，他的錢我給！」

「你？」

這一聲「你？」裡，幾乎包括了院子裡所有人，別人不知道她和胡泰來什麼關係，只有王小軍是因為知道她沒錢……

唐思思伸手從裡面的衣服裡解下一個胸針來，拋給小鬍子：「你看這個值十萬嗎？」

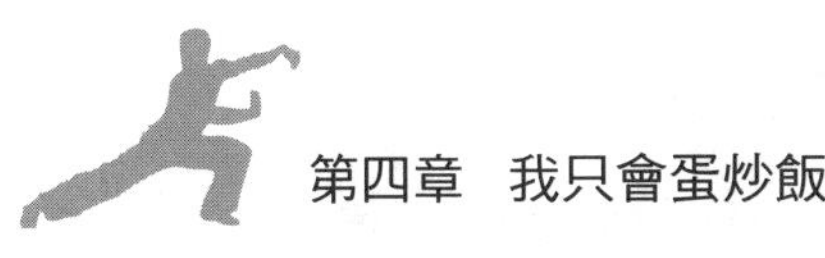

那胸針還帶著唐思思的體溫，小鬍子接住，看一眼就知道自己賺了，這東西做工精美不可言說，刻的那行英文字雖不知是什麼意思，但肯定是私人訂製，再有——上面嵌著一顆不大不小的鑽石！

唐思思見小鬍子有些發愣，懶洋洋道：「不用看了，光那顆鑽石就值二十萬，拿走吧。」

小鬍子冷冷道：「你以為我們真的是圖這幾個錢？」

唐思思淡定道：「做人要懂得適可而止，你不要就還給我，廢什麼話？」

「要！為什麼不要？」

小鬍子小心翼翼地收起胸針，揮手道：「我們走！」

段青青冷聲道：「慢著，他叫武經年，你叫什麼？」隨即揮手道：「算了，以後我直接找你們虎鶴蛇形拳！」

也不知為什麼，一群壯漢聽了這句話，沒來由地後背發涼。

……

小鬍子他們走了以後，所有人的目光都集中在唐思思身上。

胡泰來一臉尷尬道：「妹子……真不知道該怎麼謝你了，這錢我會還你的。」

唐思思道：「傻瓜，是我自己要給他的，你還什麼？」

段青青道：「放心，東西我會給你要回來的。」她摟住唐思思的肩膀親熱道：「你這個姐妹我認了！」

唐思思對她嫣然一笑。

王小軍小心地問：「那玩意——是你們家傳家寶吧？」

唐思思無所謂道：「不是古董，我們家小孩人手一個的東西罷了。」

「你不是說你沒錢嗎？」

唐思思瞟了他一眼：「我是沒錢啊，至少現金和卡都沒有。」

王小軍嘿嘿一笑道：「你這情我們可欠大了，話說明白了啊——我收留你是因為你漂亮，你可別說什麼士為知己者死的豪言壯語。」

「切！」唐思思懶得搭理他。

胡泰來走到王小軍面前鄭重其事道：「小軍，我給你惹的麻煩夠多了，我看我還是走吧。」

不等王小軍發表意見，段青青不悅道：「誰說讓你走了？凡是有真本事的人就可以留在鐵掌幫。」卻瞪著王小軍道：「不過，你可是給我捅了不小的妻子！」

王小軍一臉愕然，怒道：「什麼叫我給你捅妻子？說得好像你已經是幫主了一樣。」

段青青帶著幾分威脅的口氣道：「怎麼，女人不可以當幫主嗎？」

「切！」王小軍也懶得搭理她了。

外邊的事，屋裡都聽得到，王大爺擦了擦眼角才摸起一張牌，感慨道：「現在的年輕人還能有情有義，難得，難得！」

李大爺掃了他一眼：「你可越老越出息，怎麼還哭上了？」

王大爺把手裡的牌扔出去，拿出一瓶眼藥水仰頭滴了一滴：「沒哭，乾眼症。」

通過這件事，大家也對段青青有了深刻的瞭解——這個俊俏的姑娘很強勢，甚至有些霸道，但巾幗不讓鬚眉，有股英豪之氣。

霹靂姐小聲跟藍毛說：「小師妹難道不都該是溫柔可愛、還暗戀師兄的嗎？」

「噓——」藍毛可不想在這節骨眼上惹這個女魔頭。

段青青掃了她們一眼道：「你們幾個！要學功夫就好好學，別三天打魚兩天曬網的，知道沒？」

「呃？是。」三個女徒弟都表現出了不弱的表演功力。

段青青又和唐思思嘰嘰咯咯地說笑了一會兒，互留了電話這才走，看來她和唐思思是真投緣。

霹靂姐忽發奇想道：「人家別的門派都是師兄師弟的，咱們也按師姐師妹這麼叫吧？」

胡泰來道：「可以。」

藍毛看看陳靜道：「那誰當大師姐呢？」

看來她擔心被陳靜拔了頭籌，繼續道，「要不然師父你定個時間，到時候以功夫的強弱來排座次？」

胡泰來笑道：「咱們才不學那些混帳門派的做法——你們是同時入的門，誰最年長，誰當大師姐。」

三個女孩分別報上出生年月，霹靂姐最大，其次是陳靜，藍毛屈居老三，剛好一個比一個大兩個月，這也難怪——都是同學嘛。

「大師姐！」藍毛好笑地喊了霹靂姐一聲。

「小師妹！」霹靂姐也嘻嘻哈哈地應了一聲。

「師姐……」陳靜怯怯地喊了一聲。

霹靂姐矜持地點點頭，釋出善意道：「嗯，以後學校裡有事說話，既然都是自己人了。」

藍毛撇撇嘴，卻沒招呼陳靜。

胡泰來幫王小軍把段青青帶來的東西先拿到房裡。

唐思思見裡面吃喝用度無所不包，甚至還有牙刷和解悶的零食，不禁道：「青青其實挺關心你的。」

「物質上的關心並不能抹滅她每次對我精神上的驚嚇！」

王小軍話音剛落，正廳裡傳來清脆的洗牌聲，仨老頭硬是等段青青走遠這才敢發出動靜來。

接下來胡泰來開始教學，他先帶著女孩們又蹲了一會兒馬步，教了她們幾個出拳的起手式，女孩們在目睹了胡泰來大勝大武之後，對他更是敬若天人，胡泰來一言一語都得到了嚴格的執行。

霹靂姐看來以前有過類似的訓練，或者說「經歷」，確實不愧大師姐的名頭，是最靈活的一個；藍毛也能很快領悟胡泰來說的內容，只有陳靜是那種小腦不發達又疏於運動的溫室小花，出拳歪歪斜斜，像剛落地的羊羔一樣綿軟無力。

到了中午，胡泰來宣布下課，陳靜故意拖到最後走，見邊上沒人才把一個厚實的信封交給胡泰來，胡泰來愣了一下之後，才明白這是陳長亭答應的報酬，紅著臉想推辭，又覺得和小女生拉拉扯扯不好看，這才收下。

陳靜走後，胡泰來直接把信封甩給了王小軍，王小軍納悶道：「這是什麼意思？」

「給你的。」

王小軍失笑道：「作為一個淨資產負二十萬的人，這錢還是你拿去解燃眉之急吧。」

胡泰來搖頭道：「這錢本來是給咱倆的，我的那份作為我在這兒的吃喝、場地費都遠遠不夠，你就別推脫了。」

「你這麼算就沒意思了。」王小軍衝唐思思一招手，「要不這錢你拿著？」

唐思思淡然道：「我用錢的時候會找你要的。」

胡泰來忽然輕輕嘆了口氣。

王小軍問他怎麼了，胡泰來感慨道：「有些人其實是不適合練武的。」

「你是說陳靜？」

胡泰來點點頭：「可這話當師父的又不能說，人家拜到你門下你就得一視同仁，可照這樣下去，我要不給她開小灶，她肯定沒多久就會被另外兩個甩開距離。」

「那你打算給她開小灶嗎？」

「就算我有時間也怕她沒那個精力，普通人也不用把這個看得太重，能達到強身健體的功效就是了。」

「不對，哎呀不對！」王小軍不知道想起了什麼，忽然走神，精神恍惚，嘴裡念念有詞。

胡泰來納悶道：「什麼不對？」

王小軍猛然抬頭道：「照你說的，黑虎門不出名，可是有你胡泰來；虎鶴蛇形拳名不見經傳，那個大武也厲害得很。我以前不相信有武林這種東西，但這麼看來，高手是真有的，那我們鐵掌幫流傳了這麼多年，應該也有真材實料才對啊。」

胡泰來不解地道：「誰也沒說你們沒有啊。」

王小軍眼睛發亮：「說不定我們幫裡真有秘笈！」

胡泰來失笑道：「不是我打擊你啊，秘笈這東西我是真覺得不靠譜，學功夫講究口口相傳，都是師父帶徒弟帶出來的，真給你本書讓你自己練，怕是一輩子也學不會，反正我是從沒見過什麼秘笈。」

「我去找找！」

王小軍說風就是雨，到各個房間裡翻箱倒櫃去了。

「難道是埋在那兒了？」

下午，王小軍一身臭汗毫無戰果，他兩眼望天，努力回憶爺爺和父親在院子裡時有沒有奇怪的表現。

「樹坑裡肯定不行，院子裡的磚看樣子起碼十幾年沒動過了，難道在牆裡？」王小軍順著牆根對牆磚逐一拍拍打打，希望能像電視裡忽然發現哪裡是空的。

三個老頭和謝君君到了飯點要散了，跟王小軍打招呼，王小軍竟是充耳不聞。

「準備吃飯。」

唐思思在廚房裡忙碌了一會兒，通知胡泰來和王小軍。看來她心情不錯，這是她第二次下廚。

這句話終於讓王小軍回過神來，他對唐思思的手藝很期待，一個能把奄奄一息的米飯做成金碧輝煌皇家炒飯的廚師總能引起人的期待。

「咱今天吃什麼？」胡泰來也像聞到魚腥的饞貓一樣，饞兮兮地出現。

唐思思道：「我打算炒幾個菜。」

「好啊，好啊！」胡泰來和王小軍歡欣鼓舞。

嗤啦一聲，菜下鍋了，唐思思從廚房裡探出頭來道：「一會兒我告訴你們一件事，是我的秘密。」

胡泰來和王小軍對視了一眼，瞬間用眼神交流了無數的資訊：唐思思終於要說她的身世秘密了！

這女孩一甩手就扔出二十萬，帶的衣服不多，卻無一不是名牌，那種淡定的氣質也絕不是小家碧玉能裝出來的，是如王小軍猜想的那般跟家裡賭氣？還是豪門恩怨？抑或有更勁爆的故事？

第一道菜端上來了，黑乎乎的看不出是什麼，王小軍小心翼翼地用筷子撥拉著盤子裡的東西道：「這是……油煸黑芝麻？」

「那是炒芹菜。」

「呃……」王小軍把筷子放下了，「我們還是等等你吧。」

第二個菜上來了，圓肚盅裡呈現出一種散兵游勇的狀態，王小軍依稀只能辨認出裡面有筍塊和花椒，剩下的東西就像打了敗仗的逃兵一樣，羞羞答答看不出本來面目。

胡泰來道：「這個我知道，是毛血旺！」

「這是宮保雞丁。」唐思思面無表情地又進廚房了。

胡泰來和王小軍面面相覷，胡泰來光張嘴不出聲，用口型對王小軍說：「思思心亂了！」

王小軍也做口型：「我看出來了。」

胡泰來又做口型說：「一會兒吃飯的時候，可別說她做的不好吃！」

王小軍也做口型：「我又不是傻子！」

這會兒唐思思端著最後一個菜出來了，看了倆人一眼道：「口香糖吐了，吃飯。」

「我們……」胡泰來差點說漏嘴。

王小軍忙接過話道：「這道菜是什麼，你直接告訴我們吧。」

盤子裡是一堆堆的不明物體，看著像有個無聊的孩子用小刀削了一堆紙屑……

唐思思道：「這是尖椒小炒肉。」她坐在石桌邊道：「菜齊了，開飯。」

王小軍拿過她面前的碗討好道：「你辛苦了，我給你盛飯。」

唐思思道：「我不餓，我只想看著你們吃。」

「呃，好。」

王小軍給胡泰來和自己都添上飯，先夾了一根「芹菜」，塞進嘴裡，他一個激靈張嘴想吐——這芹菜被唐思思炒得過了火，如同木炭灰一樣；還入口即化，全黏牙上了。

胡泰來用嚴厲的眼神制止了王小軍，自己也夾了一根木炭灰，然後眼神發直地咽了下去。

「味道怎麼樣？」唐思思問。

「好吃！好吃！」兩人異口同聲道。

從這道菜裡，二人似乎體會到了唐思思的苦楚，這是怎麼樣的艱難身世才能讓她水準失常成這樣啊？

胡泰來舀了一勺被唐思思稱為「宮保雞丁」的東西放進嘴裡，隨口奉承道：「這應該是思思的拿手菜吧？」

他嚼了一下，順著嘴邊流下兩道黑色汁液，眉頭微皺又咽了下去，打個哈哈道，「果然美味！」

王小軍也舀了一勺吃進去，隨即兩眼筆直地盯著胡泰來，在桌子下面衝他豎起大拇指：「你是條漢子！」

比起「宮保雞丁」，王小軍由衷地更願意去吃木炭灰。

最後，王小軍和胡泰來一起注目著那道「尖椒小炒肉」，這道菜無論從外觀還是用料上，都有著秒殺木炭灰和宮保雞丁的氣勢。

王小軍急中生智道：「老胡先來！」

胡泰來用眼神先把王小軍殺死一百遍，接著夾菜送入口中，兩隻眼睛頓時要冒出血來，王小軍嚇得一哆嗦，心虛道：「我……這幾天不能吃辣……十男九痔，嘿嘿。」

唐思思慢條斯理道：「我用的是不辣的尖椒。」

王小軍被逼無奈，吃了一口，是不辣，比辣還難受！

唐思思問：「是不是不好吃啊？」

「好……吃……」兩個男人虛弱地說。

「那你們快吃啊。」

「吃！」

胡泰來眼神發狠，端起飯碗大口吃菜，看得王小軍心裡往來復去默背那句詩：自掛東南枝，自掛東南枝——

胡泰來敦促王小軍：「你也吃啊，吃完思思還有事情對我們說。」

「自掛東南枝！」王小軍決絕地小聲嘀咕了一句，大口吃菜！

三個菜在兩個男人自殺性地拼搏後，終於被吃光了！

王小軍看著面前的空盤子，忽然有一股豪情生出來：但凡把這種狠勁用在什麼事情上，肯定都能成！

胡泰來假裝心滿意足地抹著嘴，看似不經意地說：「思思不是有話對我們說嗎？」

「不是有話說，而是一個秘密。」王小軍敲磚釘腳。

唐思思點點頭道：「其實我只會蛋炒飯這一門手藝，別的都不會做，這就是我的秘密。」

「嘔——」兩個男人聽到這句話後，分別火速奔進房裡的洗手間。

十五分鐘後，王小軍晃晃悠悠地扶牆而出，幽怨地衝唐思思嚷：「妹子，咱不帶這樣玩人的好嗎？」

胡泰來從另一邊踉蹌而來，也是眼淚汪汪的說：「你為什麼不早說你不會做飯啊？」

唐思思無辜的表情道：「我問你們好吃不好吃，你們都說好吃，我以為是真的嘛。」

「我的天！」王小軍不滿道，「當初我問你會不會做飯，你說的可是會。」

唐思思一笑道：「我畢竟還是會炒飯的啊。」

王小軍一愣，隨即點頭道：「你一年四季給我們吃炒飯我們也認了，可今天這是鬧的哪齣？」

「技多不壓身，我是想多學幾道菜嘛。」

王小軍喘息道：「這也是我們哥倆身體底子好，但凡是個正常人，你這就算是謀殺了，你知道嗎？」

胡泰來試探道：「其實……你真的沒有什麼秘密對我們說嗎？」

王小軍急忙道：「對，為了彌補我們，你得告訴我們幾件你見不得光的事，好比你怎麼和後母鬥智鬥勇、互相往對方碗裡下毒這種的。」

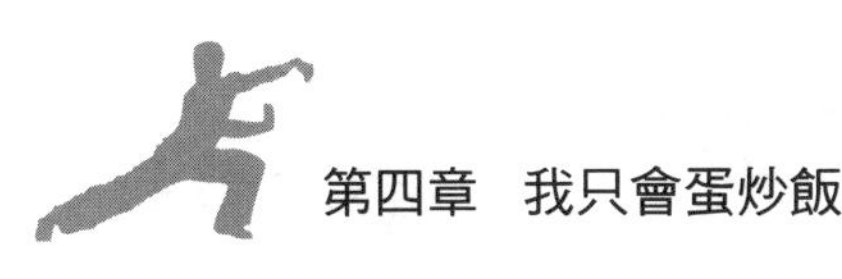

唐思思低笑道：「我的故事可沒你們想得那麼精彩，無非是最俗套的那種，說出來就不新鮮了，還不如留個懸念。不過，我有件事要你們幫著我一起辦倒是真的。」

胡泰來拍胸脯道：「你說，不管多難，大哥一定盡力。」

王小軍道：「雖然你想做菜害我，畢竟沒有成功，你說吧。」

唐思思賣著關子道：「明天我帶著你們，你們帶著錢，什麼事到時候就知道了。」

這時太陽落了山，淡淡的月影掛在天邊，王小軍起身道：「我去開燈。」

隨著他起身，一個人影恰好出現在正屋屋頂上。

王小軍沒料到楚中石故伎重施居然又來了，楚中石也沒想到這麼巧又被主人撞個正著。

兩人一高一下大眼瞪小眼，不約而同地「嘿——」了一聲。

王小軍氣不打一處來，家裡遭賊倒是其次，而是這賊還是同一個人，你說你昨天才來過沒得手也就算了；今天又來！來就來吧，隔個三五天也行，居然跟八點檔連續劇似的，這就是明目張膽地欺負人了。

「孫子，抄傢伙！」

王小軍順手把石桌上的空盤飛了過去，楚中石眼睜睜看著盤子離自己還有半米多遠砸空，冷笑道：「每次我看見你就特別有安全感，教你個辦法，下次想用暗器丟我，你乾脆瞄別處，說不定機率還大點。」

胡泰來沉聲道：「這位朋友，我不知道你是單幹還是有同夥，可是行有行規，你要是打算搶，就下來痛痛快快和我打一架，你要是偷也背著點人，每天按時按點來上班算怎麼回事？」

楚中石半蹲在房檐上嘿嘿笑道：「我就眼睜睜讓你們看著我偷東西怎麼了？有能耐上來抓我啊。」

這主兒玩心還挺大，在房頂上凌空翻了幾個跟頭。

王小軍終於崩潰道：「你到底想要什麼你跟我說，我只要有就給你，還不行麼？」

「嘿，你這算認慫了嗎？」

王小軍忽道：「你是不是真的在找秘笈？」

楚中石一愣道：「不關你事！」

王小軍很有誠意地道：「跟你打個商量怎麼樣——只要你能找著我們鐵掌幫的秘笈，我肯定讓你帶走，你給我複印一份就行，說話不算是孫子。」

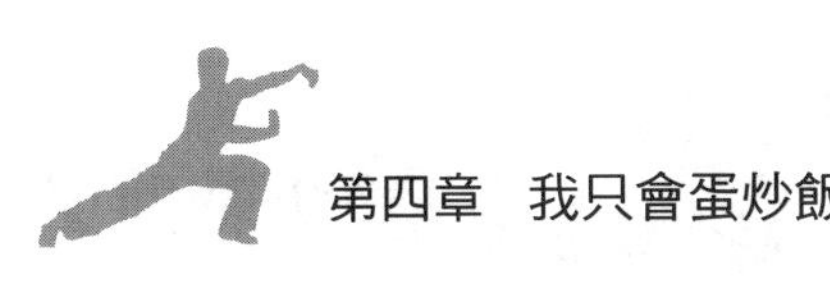

他自己找了一天連個蛛絲馬跡也沒有，算是徹底放棄了。

「沒工夫跟你廢話！」楚中石靈貓一樣順著房檐和圍牆飄然而走，身子一沉，落到前院去了。

「媽的！」王小軍罵了一聲，撒腿就往前頭跑，胡泰來和唐思思緊隨其後。

楚中石利用這段時間已經把前院東廂房一個房間大致逛了一遍，見眾人追近，重新跳到房頂，順著來時的路返回後院，等王小軍他們追過去時，楚中石把王小軍的屋子也逛完了。

這無疑是一個令人惱火的賊，常人認知中的賊，都是鬼鬼祟祟暗中行動的，被主人發現了以後，再跟主人玩捉迷藏就太喪心病狂了，更可惡的是——王小軍他們連人家鞋底都摸不到。

楚中石上躥下跳，利用敏捷的身法隔離疏遠追他的人們，在有限的閒暇中闖入一間又一間屋子，還一邊嘲諷：

「喲，這次不錯，都快見著我正臉了。」

「嗯，你要再快個十幾秒，說不定就抓住我了。」

「別光顧著喘啊，來抓我啊，要不我在你這屋先看會兒電視？」

……

到了後來，楚中石乾脆就是調戲王小軍了，他要跑早跑了，可他偏不，左一下右一下地穿插亂撞，在這屋床上坐一下，那屋開一下水龍頭，每當王小軍和胡泰來趕到時，他就躍上房頂，有時坐在牆頭，還跟下面的人聊幾句。

王小軍暴怒道：「王八蛋，哪天你落在我手裡，我非把你滿嘴牙打到肚子裡！」

楚中石雙腿攀在簷柱上哈哈笑道：「那句話怎麼說來著，山無稜天地合你也抓不住我！」

他大概是覺得玩夠了，翻上屋頂跳到牆外去了。

王小軍暗自鬆了口氣，楚中石忽然重新在牆上冒出頭來道：「Surprise!」，見把人嚇了一跳，這才真的飛走。

「我靠！」王小軍氣沖頂門，在樹上踹了一腳。

「你沒事吧？」胡泰來看出王小軍被氣得不輕。

王小軍抱著腿，一瘸一點地坐在臺階上憤憤道：「我非弄個大炮把他轟了不可！」

胡泰來沉著道：「這麼下去不是個事兒啊，憑他的功夫，去博物館偷東西都夠了，為什麼死纏著你不放？你這裡真的沒有什麼特別貴重的東西嗎？」

王小軍攤手：「像我這種經常連水電費都交不上的人，家裡能有什麼貴重東西？搪瓷臉盆都讓我賣了！」

胡泰來也無力地坐在地上道：「都不知道為什麼就被鬼纏上了，你就等著他每天來報到吧！」

唐思思擔心道：「你們明天……還跟我走嗎？」

「走！」王小軍氣哼哼道，「我想明白了，就算咱們守著也防備不了人家來，以後我就當這宅子不是我的。」

唐思思道：「這宅子本來就不是你的，是鐵掌幫的。」

·第五章·

隆興鏢局

往前走過一條街，街角有家「隆興鏢局」博物館正在售票營業，胡泰來道：「咱們去這家看看吧。」

賣票的見他們三個好像很有誠意的樣子，忙道：「你們要都進，給你們按團體票，三個人一百二，還帶免費導遊怎麼樣？」

連續兩天的經歷讓王小軍開始思考這樣一個問題：鐵掌幫在江湖中到底處於什麼位置？

以前他不相信有武林——這協會那協會這種組織完全不在他認可範圍內。現在終於有了參照物，起碼有黑虎門和虎鶴蛇形拳可以借鑒，從虎鶴蛇形拳敢衝鐵掌幫叫囂來看，自己的幫派似乎地位也不高。

「爺爺或者父親是深藏不露的高手」這種設定，王小軍從來沒想過，這兩個人是世界上最沒理由對他藏私的人，這也是導致他漠視江湖的根本原因，但是楚中石的出現，讓他忽然冒出一個奇怪的念頭：萬一是他們沒學到鐵掌幫的真正絕學呢？不然誰也不是傻子，楚中石為什麼纏著鐵掌幫不放？

讓他這個年紀的人不胡思亂想是不可能的，想到就去做，王小軍一骨碌從床上蹦下來，在屋子裡胡亂翻著。

王小軍先從一些平時絕對不會注意的地方入手，所有的櫃子都挪開，下面是積攢了好些年的塵土和他童年丟失的玩具。

所有傢俱都被他檢查了一遍有沒有夾層，他甚至把老式電視機的殼拆開看了一頓，徒勞無功之後，頹然坐在床上。

他百無聊賴地拉開床頭櫃的抽屜，自己也不知道為什麼要這麼做，也許只是出於慣性，抽屜裡的內容好幾年都沒有變過了，那也是最不可能有所斬獲的地方。

王小軍的目光懶散地停留在抽屜下面墊著的一張舊報紙上，從日期看，那還是他去外地上學以前就墊在這兒的，這時已經變得破破爛爛的。

他信手揭起舊報紙的一角，然後他的心狂跳起來——在舊報紙下面，還有一些看似是紙的東西，上面畫滿了圖形，還有密密麻麻的字！

王小軍懷著興奮的心情，顫抖著把那些紙拽出來，這些紙張因為經年累月的墊在下面，跟油膩膩的舊報紙看上去如出一轍。

紙張一共有七頁，每頁右下角還標著頁碼，是老早以前那種兩邊帶孔的紙，王小軍的心先涼了一半——誰家秘笈是用這種紙打的啊？沒有羊皮卷起碼也得是泛黃的宣紙之類的吧？

當王小軍耐著性子看了頭兩頁之後，心就完全涼了！

紙上的內容其實還滿符合秘笈的一些要素的，那些圖形是鐵掌幫的基本掌法，一共是三十幅圖，代表的是三十招鐵掌的圖樣，都是一個小人在擺出各種體態揮掌，下面配的小字則是說明闡述每一掌的名稱和姿勢，還有如何銜接上一掌和下一掌。

這些東西王小軍從小就練過，如果這也能稱之為秘笈，那麼把兒童體操印成圖配上字也可以叫秘笈了。

其實王小軍最不滿的還有這個數字，鐵掌幫三十掌，聽著就一點吸引力都沒有，你看金庸大師寫的書裡，七十二路空明拳，降龍十八掌，泰山十八盤，都是有整有零，報出名字來威勢赫赫又押韻，「三十掌」就未免太拙了點，有點馬路邊「包子一個三塊」的廉價感。

王小軍強忍失望把七頁紙都翻了一遍，確定就是三十掌的掌法演示，然而，在最後一頁上的一段小字還是引起了王小軍的注意。

小字部分的內容是：凡鐵掌幫幫主必為幫中武功最強者，幫內設順位繼承人，次序仍按功夫強弱排位，弱者擊敗強者，其位列上升，幫眾須謹遵幫規，不得徇私舞弊！

看到這段話的王小軍百感交集，腦中忽然浮現出胡泰來說過的那句話：

「咱們才不學那些混帳門派的做法——你們是同時入的門，誰最年長誰當大師姐。」

「原來我們鐵掌幫就是老胡說的混帳門派？」王小軍嘀咕了一句，臉上隨即三條線，因為他忽然想到：段青青的排位也在他之前。

「難道小師妹的武功在我之上？」

王小軍自尊心受挫，轉念又想：我哪會什麼武功啊，可是再一想，小師妹也不會啊！

段青青是王小軍十八歲時入的幫，至今三年幫齡。那時候王小軍正好在外地上學，有一次回來就見到了這個還在撒嬌耍賴年紀的小女生，被告知自己多了一個師妹。

後來每次回家都能見到她，也就混熟了，不過王小軍從沒見爺爺或者其他人教過她什麼功夫，在他印象裡，段青青就是個因為衣食無憂跑來找刺激的富家女而已。

下次見到爺爺得跟他說理去！

雖然算是小有收穫，但距離王小軍期望甚遠，他失望地關燈睡覺。

不知是不是因為有心事，第二天天剛亮王小軍就醒了，他看看床頭那七頁紙，拿起來像做了虧心事一樣偷偷溜到前院，照著第一頁第一幅圖比劃了一個姿勢，他馬上確定這是自己學過的，只是爺爺當初教自己的時候，並沒有按那上面的次序。

胡泰來洗漱完畢揮動著雙拳出現了，他好奇道：「小軍，你這麼早？」

王小軍臉一紅，趕緊收了架勢，假裝沒事人一樣背著手看天。

「你……這是在練功？」

「不是！散步。」

「哦——」胡泰來也不多問，開始穩穩地紮起了馬步。

王小軍終於還是忍不住傾訴的念頭，故作神秘道：「老胡，我昨天真的找到我們鐵掌幫的秘笈了！」

「啊？」胡泰來眼睛也發亮了。

王小軍把那七頁紙伸到他眼前：「看，這是鐵掌幫的鐵掌三十式！」他自己給編了一個還算過得去的名字。

胡泰來急忙把手擋在眼睛前道：「這我就不方便看了！」

王小軍哈哈笑道：「逗你玩呢，其實就是些入門功夫，你要想練，就送給你了。」

「我練拳不練掌，再說，這是你們門派的秘密，不要給外人看。」

「哦。」王小軍無趣地隨便把紙疊了疊，塞在褲兜裡了。

太陽懶懶地射出第一絲暖光時，唐思思出現了，她穿了一件白色的連衣裙，露趾涼鞋，還戴了一頂時尚的草帽，又清純又洋派，嬌生生道：「我們走吧。」

胡泰來愣了下神，王小軍忍不住脫口道：「嘿，這妞帶著去見前女友都不丟人！」

「去！德性。」唐思思嬌笑著挽起兩個人的手。

胡泰來尷尬道：「思思，你要帶我們去哪啊？」

「你們帶錢了嗎？」

王小軍拍拍屁兜裡原封沒動的大紅包。

唐思思想了想道：「我要去的地方可能還沒開——你們這裡有什麼好玩的地方沒，最主要是要有好吃的。」

王小軍道：「我帶你們去古城吧。」

王小軍所在的城市是一個北方二線城市，旅遊業欠發達，政府為了帶動經濟，前不久在近郊建了一座古城。

所謂「古城」，自然都是現代工業仿造的結果，格局也參照全國有名的古城古鎮，除了能吸引外地遊客外，當地人也會在節假日去散心，這地方開發沒幾年，不過確實小火了一把，那天唐思思把鐵掌幫當成了特色民宿，王小軍就以為她是要去古城玩的遊客。

三個人說走就走，輾轉了幾路公車，不到十點鐘就到了古城。雖然不是週末，這裡依然熱鬧，古城有四個城樓，也有明確的東西南北門，走路的話，逛一天也逛不完。

這裡的原住戶現在大部分都成了生意人，有的開客棧，有的弄百貨，還有各種工藝品商店，都在青石磚鋪成的道路兩邊搭起小棚子，遠遠望去花紅柳綠琳琅滿目。遊客們撐著傘，一簇簇地懶散閒逛。

古城牆、吊腳樓、古意盎然的各式酒店布招，還有江南式的小橋流水，這些都讓唐思思心情豁然開朗，她很快就隨著人群流連於各種小攤，看看這個翻翻那個，在一個賣首飾的小店裡跟老闆討價還價，用五十塊錢買了一個標價一百八十元的黑曜石鐲子。

「石頭鐲子賣這麼貴？」胡泰來驚道。

「是黑曜石！」店老闆義正詞嚴地糾正胡泰來。

王小軍笑呵呵地付錢，不多嘴。

他明白這就是個散心的地方，全國的古城古鎮如今都像一個模子裡刻出來的，甚至賣的小玩意都如出一轍，想買好東西肯定誰也不會來這種地方。

交貨的時候，店老闆瞥了胡泰來一眼，小聲跟唐思思說：「小姐，還是你男朋友有錢，又捨得給你花啊！」

唐思思攙著胡泰來的胳膊道：「這才是我男朋友！」

「那……」店老闆又看看王小軍。

王小軍笑嘻嘻道：「我是備胎。」

「算我多嘴。」店老闆保持緘默。

離開小店，胡泰來紅著臉把唐思思推開：「思思呀，你胡大哥可不是年輕人，你就別跟我開這種玩笑了。」

「切！那你做我男朋友。」唐思思順勢攙住王小軍的胳膊，把胡泰來甩在了身後。

店老闆目睹這一幕的發生，感慨道：「有錢人終成眷屬，可喜可賀呀。」說著，從麻袋裡又掏出一個黑鐲子，用抹布擦了擦使它鍍上一層油光，然後小心地把它放在聚光燈下……

夏末的陽光漸漸熱辣起來，三個人走了兩條街，肚子開始喊餓了。

「你不是要吃好吃的嗎？」王小軍道，「煎炒烹炸隨你選。」

古城裡有一點好，那就是外邊要到中午才開業的各種小吃全天候供應，應有盡有，小街上飄著一股複雜的香味。

「我要吃炸雞。」唐思思道。

「那邊。」王小軍就近找了一家賣炸雞的攤子，問唐思思：「要配啤酒嗎？」

「我要可樂。」

王小軍要了三塊炸雞排，胡泰來看著面前的炸雞和可樂，驚道：「哎呀，這太不健康了，咱們習武之人最好還是素淡些。」

王小軍失笑道：「習武之人難道不該大碗喝酒，大塊吃肉嗎？你看梁山好漢，標準配備都是兩斤牛肉三碗烈酒。」

胡泰來道：「他們到老了肯定都會患『三高』，所以宋江才有遠見要招安，耗上十幾二十年，好漢們都變成了一堆胖子，朝廷不戰而勝！」

王小軍忽然朗朗上口道：「要想健康又長壽，抽菸喝酒吃肥肉，晚睡早起不運動，多和異性交朋友。」

胡泰來目瞪口呆道：「你這是從哪兒聽來的？」

「我昨天不是找著本秘笈嗎？那上面寫的。」

胡泰來認真道：「你還是趕緊把它扔了吧。」

唐思思拿起雞排咬了一小口，馬上又放下了。

王小軍奇道：「不好吃嗎？」

唐思思道：「還行，但不是我要找的那種。」

「我覺得這東西哪裡的味道都一樣，都是炸得很酥脆，撒點胡椒粉隨便吃的零食。」王小軍評論道。

唐思思搖頭道：「我們去找下一家炸雞吃。」

「真的有這麼好吃嗎？」王小軍納悶道。

王小軍以為唐思思是說著玩，沒想到這小姐說到做到，對其他的小吃，什麼烤玉米、蒸螃蟹、涼糕的東西一概不理，每遇到有賣炸雞的必定買一塊，但是嘗一口之後又不要了。

王小軍和胡泰來由此每人吃了一肚子炸雞。

到了正午，三個人把周邊的幾條街都逛完了，再往裡走就是一些收費的地方，比如各種文化博物館，古代農耕器具展，各朝代風俗講解館，不過這三個人對這些東西都不感興趣，再往前有個收費的四合院倒是引起了王小軍的注意。

「走，去看看別人家的四合院。」王小軍買了三張票，帶著胡泰來和唐思思走進去。

王小軍他們一進去傻了，裡面就只有一個小院子，兩個廂房一個正屋，遊客一多連身也轉不開。他們在心理上原本已經準備好了別人家院子帶來的炫目衝擊，結果大失所望。

「就這樣呀？這比我們家的可差遠了！」

唐思思難得地附和了王小軍：「就是。」

胡泰來道：「咱還是走吧，這就是以前老百姓們住的地方，你想要多好？小歸小，人家不是還有二百多平米呢，再過幾百年，咱們現在住的單元房也成了稀罕東西了。」

三個人出來，自覺受了騙，再看見類似的場所都敬而遠之。

再往前走過一條街，街角有家「隆興鏢局」博物館也正在售票營業，胡泰來道：「咱們去這家看看吧。」

王小軍道：「不用看，我告訴你裡面有什麼——一輛獨輪車，上面插個鏢旗，寫著『隆興鏢局』。」

胡泰來憨厚一笑道：「萬一不是呢，進去看看也好。」

王小軍上前一問，居然要五十塊一個人，而且別處還有些遊客，這家門口連一個排隊的也沒有，賣票的見他們三個好像很有誠意的樣子，忙道：「你們要都進，給你們按團體票，三個人一百二，還帶免費導遊怎麼樣？」

王小軍交了錢，小眼鏡把門口的隔離帶一拉，王小軍納悶道：「你說的導遊不會就是你吧？」

「當然是我，這裡就我一個人！」小眼鏡道：「走吧。」

一進鏢局大院，三個人就先暗自鬆了口氣，院子照舊不大，不過到底還有兩進，跟剛才那民居一比，光這點就讓他們覺得值回票價了。

胡泰來見院門口第一間屋子門口有個大坑，不禁問：「這坑是幹什麼的？」坑口有玻璃封著，可以看到下面是個地窖似的空間。

小眼鏡不緊不慢道：「哦，那是古代鏢局的金庫，鏢局常年會跟大筆金銀財寶接觸，暫時存放是個問題，所以就在當院挖個地下室貯存錢款，所謂最危險的地方就是最安全的，事實證明在這個位置放錢，小偷最難得手。」

王小軍咋舌道：「高啊！」

胡泰來笑道：「錢不白花吧，古人也有古人的智慧。」

小眼鏡又領著幾人在各個屋裡轉了一圈，一邊介紹這些屋子的功能，在鏢局裡，總鏢頭地位最高，順理成章住最好的房子，剩下的鏢師、趟子手也各有固定的房間，院子裡擺放了一些生銹的兵器，平時鏢師們就在這裡切磋武藝。

王小軍忽然發現連接兩邊廂房的天井上方掛了一層漁網似的網，網眼處綴著小鈴鐺，這東西橫在半空既不遮風更不擋雨，要說防止鳥雀築巢也不可能。

「那是幹什麼的？」王小軍問。

「這是最原始的防盜預警系統。」小眼鏡扶了下眼鏡道：「只要網上的銅鈴一響，就說明有夜行人上了房頂，鏢師們就會有所防備。」

王小軍和胡泰來對視了一眼，夜行人……不就是楚中石這樣的人嗎？

王小軍喃喃道：「看來我也需要一張這樣的網。」

唐思思反駁道：「有必要嗎？人家每次來都主動跟你打招呼，你又不用聽鈴鐺。」

「也對啊……」王小軍又陷入了苦惱的沉思中。

胡泰來由衷道：「你們這個地方仿建得不錯啊。」

「這裡就是隆興鏢局舊址，並不是仿建的。」小眼鏡自顧自地介紹道，「鏢行已有五百年的歷史，興盛於清朝，到民國後漸漸式微，如今『鏢局』

這個詞已經不再用了。」

王小軍道：「被快遞取代了吧？」

小眼鏡又扶了下眼鏡道：「也不盡然，快遞和鏢局是完全不同的兩個職業，你從網上買雙拖鞋可以找快遞，如果你有顆鴿子蛋那麼大的鑽石想送到外地，本人又沒時間，你敢用快遞嗎？退一萬步說，就算你有時間親自送，你敢一個人去送嗎？這個時候你該找誰呢？」

王小軍被他問得一愣：「是啊，我該找誰呢？」

小眼鏡把一張名片按在王小軍手裡：「找我！」

王小軍低頭一看，名片上印著「隆興安保公司，承接一切運送、保護業務。」

「原來你業餘也幹保安啊？」

小眼鏡認真道：「應該說當導遊才是我的兼職，另外，我們不是保安是安保。我們隆興公司是轉型自隆興鏢局，老字號新面貌，百年老店值得信賴！各位還有什麼問題嗎？」

唐思思道：「你知道古城裡哪家炸雞最好吃嗎？」

「呃，不知道，歡迎各位以後常來。」

出了「隆興鏢局」後，三個人面面相覷同時笑出了聲，誰也沒想到逛博物館居然還被保安公司拉生意。

唐思思看了下時間道：「好了，下面該跟我幹正事去了。」她不由分說拉著胡泰來和王小軍出了古城，上了輛計程車，拿出手機對司機說：「照著這些地址，挨個去。」

計程車停在一家炸雞店門口，王小軍和胡泰來大驚失色道：「不會吧？還吃雞？」

「你們等我一會兒，我馬上出來。」

唐思思進了店，不多時提了一隻炸雞，對司機道：「繼續，下一家。」

整整半下午的時間，唐思思領著計程車足足跑了十三家炸雞店，她的手上也多出了十三隻炸雞，計程車裡雞香撲鼻，司機是咽著口水把他們送回鐵掌幫的。

「你買這麼多炸雞自己吃啊？」

王小軍終於有時間提出疑問，根據他的觀察，以唐思思的飯量，這些炸雞夠她吃半年的，他不明白這女孩為什麼對炸雞情有獨鍾，要說是有錢人的怪癖，炸雞似乎格調也不夠高，而且唐思思雖然有時候會體現出小公主的刁蠻，但她並不是個喜歡鋪張浪費的無腦女。

唐思思把那些炸雞的包裝逐一打開，用水果刀分別割下薄薄的一片送入嘴裡，然後又逐個搖頭。她見王小軍就快要崩潰，這才緩緩道：「我生命裡很重要的一個人跟我說過，他吃過最好吃的炸雞就在這裡，但他沒記住名字，我只好一家家試了。」

王小軍吃驚道：「這得試到什麼時候去？全市賣炸雞的，沒有一百家也有九十家，況且還有很多流動小攤你根本找不到——」王小軍忽然恍然道：「這幾天你每天出去，就是為了踩點看哪兒有賣炸雞的？」

唐思思點點頭。

胡泰來問：「那你怎麼不買回來嘗啊？」

唐思思道：「因為我沒錢。」

胡泰來眼睛發澀，這女孩一出手就替他還了十萬，居然沒錢買炸雞。

王小軍關切道：「有你滿意的嗎？」

唐思思這時試遍了所有的樣品，失望地搖了搖頭。

胡泰來道：「你怎麼知道這些炸雞不是你說的那個人吃過的呢？」

唐思思勉強一笑道：「他的嘴很刁，蛋炒飯就是他教我的。」

王小軍小心翼翼道：「那個人……是你男朋友？」

「是我姥姥。」

王小軍笑嘻嘻道：「老人家吃這麼油膩的東西對身體不好。」

「她已經去世了。」

王小軍默然。

「我的願望就是找到這裡最好吃的炸雞，帶到墳上去看她。」唐思思使勁眨了眨眼睛道：「沒關係，我一定會找到的！」

王小軍毅然道：「放心思思，從這一刻起，我就是一隻黃鼠狼精，以後就專心幫你吃雞，什麼時候找著什麼時候算！」

擺在王小軍面前的，是唐思思帶回來的十三隻炸雞……

包括炸雞腿、雞胸肉、也有整隻的，整整齊齊地放在那兒，散發著誘人的香味，可王小軍現在一聞那個味兒就頭疼。

正廳裡，仨老頭和謝君君在亙古不變地打著牌，不用問這些人是怎麼進來的，作為牢靠的戰略夥伴，他們手裡都有王小軍代表鐵掌幫官方發給他們的鑰匙，有時候忘了帶也不打緊，還有一把備用的就掛在門後。

老頭們一邊打牌，一邊悄悄觀察三個面目凝重的年輕人，直到王小軍忽然衝這邊喊了一聲：「老哥兒幾個，晚上回去的時候一人提兩隻雞走！」

張大爺樂呵呵道：「雖然輸了錢，不過有炸雞吃，沒想到在小軍這兒打牌還有這福利呢。」

虎鶴蛇形拳的小鬍子這幾天心裡有點樂，雖然找場子在功夫上沒占到便宜，可畢竟靠門派勢力算體驗了一把欺壓別人的快樂，最實惠的還是現在他手裡這個胸針。

要說他也算是見過世面的主兒，可這小東西竟然讓他愛不釋手，可惜好景不長，過幾天師父就要回來了，他帶人去掃鐵掌幫的事，他已經給師弟們下了封口令，只有這枚胸針算是物證，那就絕不能讓師父發現，為了保險起見，他決定迅速脫手套現。

小鬍子在古玩市場一條街轉了兩圈，可東西還沒人肯收，胸針並不是古董，只是它上面那顆鑽石讓它價值不菲，玩古玩的對這種現代工藝並不感冒，懂得鑽石行情的也都嫌小鬍子開價太高。

小鬍子決定多走幾家店，他相信一定能賣出好價錢，到時候買藏獒的錢

回來了不說，還能賺上一筆。

有人擋住了他的去路，小鬍子皺了下眉，往左跨了一步，那人也左移幾寸，仍是擋在他前頭。

「讓開！」小鬍子可不是善男信女，要不是有事他早該破口大罵了。

「你手裡那東西從哪來的？」

來人三十歲出頭，面目英俊，一張面孔像常年見不到陽光似的慘白，除此之外眼神裡全是冰冷，就好像全世界都是冰天雪地，沒有任何人和事是值得他動容的。他提著一個旅行包，顯然不是本地人。

「你想買？」小鬍子見對方穿著講究，有了幾分希冀。

「不買。」

「那你他媽問？滾開！」

小鬍子頓時失去了耐性。他一推來人的肩膀，手上加了兩分力氣。門規嚴格，不得和不會武功的人動手，但誰能看出來呢？他這一推，起碼要讓對方當場坐個屁墩兒，然後肩膀再疼上十天半個月不可。

手麻！這是小鬍子最深刻的感覺，對面的青年似乎微微動了動，手趕緊收了回去。

「你陰老子！」小翦子勃然大怒，他當然看出對方做了手腳，他翻看自己的掌心，上面有一個小洞，顯然是被什麼尖銳的東西扎過，這會兒麻勁已經侵襲到了手臂。

小翦子又驚又怕，冷不丁騰空雙腳踹向對方，這是虎鶴蛇形拳裡絕殺的招數：白鶴飛天，他要儘快制住對手，逼問他自己手上的古怪。

「哎喲！」

這聲慘叫是小翦子發出來的，他的身子在半空中毫無徵兆地垂直落地，胳膊上麻勁已經瞬間蔓延到了腰際，白面青年似乎對自己的手段很有自信，根本沒有躲閃，只是直挺挺地站著。

小翦子眼裡終於露出了恐懼的神色：

「你你你，到底是什麼人？」

「胸針，哪來的？」白面青年寒冷地輕語了一句，「十五秒之內我不給你解藥，你會像植物人一樣連眼皮都眨不了，但你的意識會無比清醒，七分鐘後，你的身體會硬得跟木頭一樣，而且再也無藥可救了。」

小翦子的身體本來保持著一個可笑的姿勢歪在那裡，這時慢慢出溜到地上，街邊的人見狀，一哄而散議論紛紛：「太不上進了吧，四十歲不到就出來投機詐騙！」

「胸針……是一個小妞給我的……」小鬍子嘶聲道。

「人呢？」白面青年冷冷問。

「在……鐵掌幫！」小鬍子終於體會到了植物人的感覺，「你要……說話算數……」

「張嘴。」

白面青年胳膊不動，手指一彈，把一粒小藥丸彈進小鬍子嘴裡，隨後再也不看他一眼轉身漸漸走遠。

小鬍子的手緩緩地恢復了知覺，他驚恐地捧起那枚胸針手足無措，白面青年的話幽幽地飄了過來：「那胸針你要保管好，她自己丟的東西，會自己來找你要。」

王小軍這幾天經常出門，神神秘秘的，又從庫房裡找出一架折疊梯，在房頂和圍牆上忙上忙下，誰也不知道他在搞什麼鬼。

「你的信。」郵差在門外喊了一聲，把一摞信封、單據扔進了院子。

王小軍正在梯子上，他的神秘工程似乎也完工了，把梯子放進庫房，這才撿起那堆信件。

「我回來了。」唐思思進門就抱怨道：「上當了，我買的鐲子根本不是黑曜石的，今天掉色，染了我一胳膊！」

她抬起手臂讓別人看，手腕上全是墨水痕跡。

王小軍笑道：「五十塊錢你還真想買黑曜石呀？我早料到了。」

「我還帶回來了這個。」

唐思思一亮手裡的塑膠袋，一股香味飄了出來——她這些日子每天早出晚歸，帶回來數量不同的炸雞，但無一例外都不是她要的，淘汰下來的雞由大家分著吃完，經常來打牌的仨老頭和謝君君都沒少跟著沾光，不過這一兩天聞著炸雞味也著慌。

王小軍敷衍了一句，翻看著那些信件，除了繳費單之外，還有一些房地產等各式的廣告，中間一張紅色請柬樣式的東西引起了王小軍的注意，上面只寫了「武協誠邀」四個字，打開裡面也沒說具體地址，含含糊糊地說三個月後武林大會就要召開，請與會者做好準備云云。

王小軍搖頭吐嘈道：「現在連騙子都不好好幹活了，你不印中華武協、中國武協之類的大帽子，哪怕印個鐵嶺武協也好啊，說要開會，連地址時間也沒有。」

「給我看看。」胡泰來拿過去端詳了一會兒，也摸不著頭腦。

信件堆裡掉出一張明信片，王小軍彎腰去撿，忽然臉色大變！

明信片是從法國巴黎寄來的，上面除了郵戳外，只有簡單的一句話：世界那麼大，你該去看看。

字跡很漂亮，顯然出自女孩子之手，王小軍久久注視著上面的內容，竟像是癡迷了一樣。

「你怎麼了？」

胡泰來順手把武協的請柬塞到上衣口袋裡，探頭往王小軍手裡看了一眼，遲疑片刻後，恍然道：「這就是你初中那個小女友給你寄來的吧？」

胡泰來想起王小軍在學校門口時的眼神，從那以後，他再也沒見過嬉皮笑臉的王小軍出現過那種眼神。

「你怎麼知道？」王小軍疑惑道。

「我又不是傻子。」胡泰來不屑。

「快給我看看！」

八卦之火熊熊燃燒的唐思思一把搶過明信片，大聲念道：「世界那麼大你該去看看，挺文青的嘛。」

王小軍馬上搶回來，心不在焉道：「去去。」

「這女孩叫黃萱？」胡泰來掃了一眼落款。

「有照片嗎？」唐思思問。

「無聊！」王小軍背著手走開了。

胡泰來嘀咕道：「難怪他想周遊世界，其實就是想找女朋友去嘛。」

……

「吃飯嘍。」唐思思把買來的炸雞擺在石桌上。

王小軍和胡泰來臉色大變，自從唐思思每天買數量不等的炸雞回來，他們已經連著吃了好幾天雞了。

當然，人的智慧是無窮的，他們也改良出了不少吃雞的辦法來，比如用炸雞熬湯、用炸雞拌飯、有時候用已經不太脆生的兩片炸雞夾上一個炸雞腿，做成炸雞漢堡……

可是這炸雞宴實在是已經吃不下去了啊！

兩個人愁眉苦臉地湊到桌子前，忽聽房頂上有人幸災樂禍道：「你們就

天天吃這個啊？」

不用問，楚中石又出現了。

這些日子楚中石也成了鐵掌幫的常客，他往往天一擦黑就來，每次都不忘和王小軍打聲招呼。

起初的幾天裡，王小軍都是暴跳如雷，後來也慢慢習慣了，楚中石在這邊出現，他就索性把臉轉到那邊，無論對方怎麼挑釁，他再也不會像從前那樣白忙活了，楚中石樂得清閒，自己在各個房間裡遊蕩，有些角落他可能比王小軍還熟，甚至幫王小軍找到了幼年時失落的存錢筒。

王小軍舉起一條炸雞腿衝屋頂揮了揮：「要吃嗎？」

楚中石蹲在房檐邊嘿然道：「我不吃垃圾食物，我們這行得保持身材。」

王小軍忽然推心置腹道：「兄弟，你跟我也耗了一個禮拜了，我是真不知道你想要什麼，如果你是找秘笈的話，我這有一份，你拿去，以後別來了，行嗎？」

說著話，他掏出那七頁紙向楚中石展示，「看，真的是秘笈，上面是我們鐵掌幫的鐵掌三十式，有說明還有圖。」

楚中石狐疑道：「拿我當三歲小孩？」

王小軍倏爾變色道：「我問你最後一句，你到底走不走？」

「不！走！」楚中石答得擲地有聲。

「找死！」

王小軍冷不丁躥到屋簷下，從角落裡抄起一根細長的竹竿，這根竹竿連胡泰來之前也沒見過，也不知道王小軍是什麼時候藏在那裡的。

「啪！」

王小軍掄起竹竿砸向楚中石，被對方閃過之後敲在了房檐上，竹竿子有四米多長，從下面發起攻擊算是件很有效的武器。

楚中石愣了一下後，失笑道：「喲，學聰明了，早沒防備你這一手，不過你以為就憑你打得著我嗎？」

王小軍喝道：「有本事你別跑！」

「我當然不跑！你來追我啊。」

楚中石又輕巧地避開王小軍迎頭一擊，像以往一樣躥向前院。

胡泰來和唐思思早就見怪不怪，安之若素地繼續吃飯。

「跟上我，一會兒有好戲看！」王小軍在兩人耳邊低語了一聲，追了過去。

胡泰來和唐思思對視一眼，半信半疑地起身跟上。

楚中石這幾天受了「冷落」，今天終於又找到了最初的激情，在牆上和房頂上來回遊走，興致勃勃道：「來啊，來抓我啊。」

胡泰來扭頭對唐思思道：「這傢伙功夫沒得說，嘴太賤了！」

面對像被惹毛了的熊孩子似的王小軍，楚中石愈發覺得其樂無窮，王小軍拼命揮動著竹竿，打得院子裡劈啪亂響，這根竹竿子又細又長，楚中石躲到屋頂中央時，也會被彎曲過來的竹竿頭掃到腳面，本來對他造不成什麼傷害，不過楚中石為了顯示自己的輕功，上躥下跳在四處飄蕩，不大會兒工夫就轉移到了正廳的屋頂上。

王小軍眼中發光，把已經抽裂的竹竿橫掃過來，楚中石低躍、躲避，再落下時，忽然覺得腳下踩中了一道又細密又堅韌的網！

他情知有古怪，一縱身想要飛向別處，不料那網上全是尖利的魚鉤，他不跳還罷了，這一躍起，那些魚鉤全部扎進了他的鞋面。

·第六章·

唐門也是個門派嗎

唐思思射出手鐲的細節王小軍毫無察覺。

「你是唐門的！」楚中石驚叫道，「只有唐門的人才能發出這麼準的暗器，你又姓唐——我怎麼早沒想到啊！」

王小軍疑惑地問唐思思：「他說的是實話嗎？唐門也是個門派嗎？」

「中計了！」

這是楚中石心裡唯一的想法，但他沒有慌亂，網子雖密，但輕如綢緞，他奮力再一縱身，想要把那層網也帶走，可他沒料到那些網是被王小軍很賣力地固定在房瓦上的——

「刺啦」一聲，楚中石只是帶起了一片網子，身子卻最終又被扯到實地，王小軍的竹竿沒命似的狂抽，楚中石腳脖子上中了一下生疼，這會兒才真的有些慌了。

既然如此，那就一不做二不休，他用盡全身力氣再往空中躍起，這回網子被他帶起大部分，拖拖拉拉地纏著他的腳踝，楚中石由此像一隻馬上要掙脫漁網的大魚，眼看只要再給他跳一次就非逃走不可。

「媽的！」王小軍也明白這招終究留不住對方，憤憤罵了一句。

楚中石拖著絲絲拉拉的網面，東一拉西一扯，斜斜地站在屋簷邊上，情景雖然狼狽，但下面的人一時也無計可施，只要再有一下他就可以重獲自由了。

就在這時，唐思思冷不丁併住手指，一甩胳膊，手腕上的「黑曜石」鐲子嗖地激射而出，在楚中石大腿上打了個正著。

「啊——」楚中石慘叫一聲，身子驟然踩空直落，腳上又有網子牽絆，晃晃悠悠地被掛在了距地面只有半人多高的位置！

「哎喲！」此情此景，胡泰來壓根顧不上想就衝了過去！

這段時間以來，胡泰來心裡的憋悶可一點也不比王小軍少，只不過王小軍是個炮筒子，有什麼話全從嘴上冒出來了，胡泰來卻端厚內斂，被楚中石調笑戲耍，又不能像王小軍一樣破口大罵，心裡可憋著一肚子火呢！

胡泰來一個箭步躥到楚中石跟前，對方這會兒正頭下腳上地在半空中掛著，一雙手拼命劃拉在做困獸之鬥。

胡泰來絲毫不敢輕敵，楚中石的輕功他望塵莫及，更不知他武功如何，所以一上來就使了十分本事，左手呈虎爪握住楚中石的肩膀，右拳蓄勁待發，萬一楚中石有什麼厲害招數也可保不敗之地。

「疼疼疼疼疼！」楚中石沒命地叫起來，馬上改口道：「饒命，我認栽啦！」

胡泰來沒料到飛簷走壁如履平地的角色，在平地上居然如弱雞般毫無戰鬥力，他唯恐再讓楚中石逃走，不由分說把那道破破爛爛的網從頭到腳又纏了幾道。隨即回頭驚訝道：「思思？」

那個手鐲擊中楚中石後摔在地上，一半粉碎，另一半在滴溜溜地轉個不停，餘勁不衰。

唐思思弱弱道：「那個手鐲掉色，我不想要了……」

王小軍卻沒想那麼多，一掃多日的鬱結，得意洋洋來到楚中石面前，透過網眼笑道：「你不是會飛嗎，你怎不上天呢？」

楚中石快要哭出來了，勉強做個笑臉道：「大哥，我錯了……」

胡泰來拎著網口像提榴槤一樣把楚中石提在手裡，又驚又喜地問王小軍：「這就是你說的好戲？」

王小軍背著手悠然道：「自從那天我在鏢局看見那張網，就琢磨著怎麼利用它，你知道我動了多少腦筋嗎？」

「這些天你都在忙這個？這到底是什麼網？」

王小軍得意道：「漁網，這可是我特製的，那網眼連蝌蚪都能抓住，魚鉤十塊三個，我買了六百塊錢！」

楚中石哭喪著臉道：「你這是有多恨我呀？」

王小軍踹了他一腳道：「你還記得我當初說過什麼嗎——讓我抓住你，非把你牙全打掉不可！」

楚中石掙扎著道：「別啊，我又沒害過你們——我害過你們嗎？」

王小軍道：「我每天在你家逛來逛去，你是什麼感覺？」

楚中石嘿嘿一笑道：「逛逛怕啥，你想想，要是我趁你們睡著給你們下藥、甚至往你們水杯裡吐口水，你們又能怎麼樣？我這麼幹了嗎？沒有！」

王小軍揚起手：「你還有功啦？」

胡泰來攔住他道：「先問問他到底要找什麼。」

王小軍恍然道：「對，你來我們鐵掌幫目的是什麼？」

楚中石面目絕決地道：「行有行規，我當然不能告訴你，就算打死我也不能說！」

「那我就打死你吧！」

王小軍把竹竿子撅折，用竿子頭在他腿上戳了兩下，楚中石哇哇叫道：「秘笈！我是來找秘笈的！」

眾人無語。

王小軍道：「誰派你來的？」

這回楚中石卻是真的閉口不言了，王小軍又踢了他幾腳，楚中石來回扭捏著身子，竟然沒有求饒。

王小軍憤然道：「老胡，你們黑虎門有沒有分筋錯骨手之類的酷刑？先給他上幾道。」

胡泰來老實道：「沒有。」

「那我去拿菜刀砍死你！」王小軍轉身就走。

胡泰來喊道：「你真的準備拿他這麼辦？」

楚中石趁機道：「是啊，我看你們也不是什麼狠人，打打殺殺這種話就別嚇唬我了，你要是打算把我送到派出所，我無非就是在你們家房上遛了遛，警察也不能把我怎麼樣，有『踩人房頂罪』的嗎？所以你還是趕緊放了我，我回去替你們美言幾句，讓老大就別再派別人過來了。」

「還有別人？」王小軍和胡泰來對視了一眼，均感愕然。

以前房上有個賊到處躥的時候，王小軍想的都是怎麼抓住他，和抓住他以後怎麼解恨，這會兒賊是抓住了，可他也徹底茫然了。

因為他忽然發現楚中石說得都對——自己這些人中沒一個窮凶極惡的，把這貨送到公安局，他也沒偷什麼，聽他意思，他失敗了還有更厲害的來。

王小軍嘆了口氣，換了種口吻跟楚中石道：

「老兄，你要找的秘笈我不知道什麼樣，但是你看看我手裡這份——」

他又把七頁紙拿出來在楚中石面前晃著道：「你看看啊，真是有字又有畫，而且我保證這就是我們鐵掌幫的鐵掌三十式，你要拿著這個能交差，我就把它送給你，求你們以後別來了。」

楚中石扭過頭去，道：「士可殺不可辱，我沒找著是我學藝不精，你用不著羞辱我！」

就在不可開交的時候，唐思思忽道：「你要不說還有別人，我可能還不知道你的身分，不過，既然你們是一個組織——我沒猜錯的話，你是神盜門的人吧？」

楚中石驚訝道：「你居然知道神盜門？」

唐思思淡然道：「聽說過，神盜門的人神出鬼沒，靠的是幫雇主偷東西為生，這種雇傭關係也是臨時的，你們會根據所偷東西的難易程度收費，你不肯說出主使是誰，那是因為除了親自接待過雇主的人，你壓根就不知道是誰雇了你，我說得沒錯吧？」

王小軍納悶道：「思思，這些你是怎麼知道的？」

胡泰來道：「你還是先弄明白思思為什麼會發暗器吧。」

「暗器？」

王小軍剛才一直沉浸在抓住楚中石的興奮中，唐思思射出手鐲的細節他毫無察覺。

「你是唐門的！」楚中石驚叫道，「只有唐門的人才能發出這麼準的暗器，你又姓唐——我怎麼早沒想到啊！」

王小軍疑惑地問唐思思：「他說的是實話嗎？唐門也是個門派嗎？」

不等唐思思說話，有個人在院子裡淡淡道：

「三妹，你玩夠了沒有？該回家了！」

「大哥?!」聽到這個聲音，唐思思驚恐莫名地叫了出來。

王小軍和胡泰來一起回頭，見屏風前不知什麼時候多了一個年輕人，面貌俊朗，只是臉色發白，神情冰冷，就如同全世界都是冰天雪地，沒有任何人和事能讓他動容一樣。

「喂老兄，進別人家前能不能先敲敲門？」王小軍不悅道。

白面青年根本沒朝王小軍看一眼，只是望著唐思思。

唐思思面色慘變，就像是見了貓的老鼠，囁嚅道：「大哥……你怎麼來了？」

「走吧。」白面青年已經轉過了身，徑直向門口走去。

唐思思猶豫再三，咬了咬嘴唇跟在白面青年的後面。

「慢著！」王小軍拉住唐思思的手道：「話還沒說明白你去哪兒啊？」

「放手！」

白面青年冷冷地說了兩個字，就像王子在命令手下的馬弁一樣。

唐思思掙脫王小軍的手，急匆匆道：「對不起，我沒有對你說過自己的身世，不過我也從來沒騙過你，謝謝你們這段日子的照顧，我該走了！」

她好像很害怕那白面青年，唯恐王小軍還有胡泰來和他起了爭執，所以搶著把話說完。

王小軍笑咪咪道：「我就問你，你自己想不想走？」自然，所有人都看出唐思思不是自願要走的。

唐思思神情苦楚，微微衝王小軍搖了搖頭，她的本意是讓王小軍不要再管閒事，可王小軍卻會錯了意，他往前邁一步道：

「這是鐵掌幫的地盤，無論是誰，想幹什麼，都得問問我的意見，現在有人想劫持我們的妹子，我這個鐵掌幫第四順位繼承人可要表態了——」

說到這，他又往後退了一大步，大聲道：「老胡，揍他！」

要是別人，肯定會大跌眼鏡，但是以胡泰來對王小軍的瞭解，他倒是沒

有多少意外。

胡泰來抱拳道：「在下是黑虎拳門下胡泰來，閣下怎麼稱呼？」

白面青年只是用眼角掃過，瞎子都能看出他不屑搭理胡泰來，他只是在等唐思思善後。

唐思思低聲道：「老胡，這是我大哥唐缺。」

王小軍噗嗤一聲笑了出來：「缺——」

唐缺目光犀利地盯著王小軍，唐思思動容道：「大哥，他不是故意的！」

胡泰來漸漸氣往上湧，他雖然老成持重，可畢竟也只有廿七歲，還是血氣方剛的年紀，黑虎門雖是小門派，在當地也是聲名遠播，胡泰來還從沒被人這麼鄙視過。

他耐著性子道：「思思這段日子跟我們相處得很愉快，如果她要走，我們替她送行，可是如果她不想走，誰也不能勉強她！」

唐缺直勾勾地盯著胡泰來道：「你沒聽過唐門？」

「聽過，不過不管什麼門也得講理吧？況且思思也是你妹妹。」

唐缺蹦出幾個字：「別逼我動手！」

唐思思拉住胡泰來的手道：「老胡，你打不過我大哥的。」

胡泰來微微一笑道：「那也未必，就算打不過也要打，我不但欠你的錢，還欠你的情，就讓我為你做點事情吧。」

這時，楚中石忽然從眾人腳邊飛躍而起，穩穩地站在牆邊，他忍不住哈哈笑道：「我看這次誰還能抓得住我？」

原來他趁人們說話誰也沒注意他時，慢慢從網裡掙脫出來，王小軍懊惱得直捶腦袋，知道再想抓他可就難了。

唐缺手臂微動，一排細細的銀針便扎進楚中石身前的牆壁上，他冷冷道：「唐門做事，閒人退避。」

楚中石大驚失色，半個字也不敢多說，遠遠地躍了出去。

胡泰來由衷道：「好手法，聽說唐門暗器天下無雙，今天見識了。」

唐缺依舊冷冷道：「我若一味發暗器贏你，諒你也不服，這樣吧，以這片磚地為限，只要你把我逼出去就算你贏。」

後院本來不大，除了院子中心鋪著方磚以外，兩邊都是花圃和石桌石椅，唐缺這是給自己畫地為牢，同時彰顯大度。

胡泰來道：「不必，既然比試就要公平。」

「我說過的話就一定算數，我讓你先出手！」

胡泰來也不多說，拉個架勢周周正正地遞出一記右拳。

唐缺以左手手背撥轉對方拳鋒，右手輔助拿其手肘，胡泰來冷不丁撤右拳突擊左拳，「砰」的一聲撞在了唐缺的擒拿手上，雙方各自後退一步，都有點意外。

胡泰來全副精力都在防著唐缺的暗器，沒想到他手上的功夫也如此了得。唐缺則一開始就沒拿胡泰來當回事，硬碰了這一下居然絲毫沒占到便宜。

胡泰來以黑虎拳對陣唐缺的擒拿手，兩人一個主攻一個主防，胡泰來招式殊少變化，一味講求簡練和效率，唐缺雙手雙肘配合巧妙，將擒拿中的纏、拐兩字發揮到了淋漓盡致，擒拿講究的是先發後發都能制人，從招式上看唐缺更擅長等待時機，攻守之間的角色互換現在還不好說。

王小軍移到唐思思跟前，訥訥道：「以你對你大哥的瞭解，老胡有多大把握能贏？」

唐思思嘆了口氣道：「你不該惹他的。」

王小軍詫異道：「你覺得老胡會輸？」

在他看來，胡泰來就是頂尖級別的高手，所以他才敢一切大包大攬，他以為胡泰來教訓唐缺並不比對付那些小混混難。

胡泰來卻沒有輕敵，比起半吊子王小軍，唐門盛名早有耳聞，胡泰來拿出全副精神，一拳一拳穩紮穩打，力求先無過然後再建功。

唐缺和他對撞了幾下，已明白對手是純剛猛的路子，他絕少遇到這種外家拳高手，對方拳頭帶風，就像一把法度嚴謹的鐵錘一樣，自己和他硬碰漸感吃力，唐缺手掌一翻，併攏的手指間已多了一根細微不可見的銀針，迎著胡泰來襲到的拳頭遞了上去。

「老胡小心！」唐思思憂心地喊了一聲，卻為時已晚。

胡泰來見有機可乘，拳頭結結實實地撞上了唐缺的手背，待他聽到唐思思的叫聲，接著手上微微一麻，心裡有種不好的預感浮了上來，他利用回身檢看拳頭，見中指的骨節上多了一個小血點。

唐缺負手道：「你還不……」他話沒說完，胡泰來又攻了上來！

唐缺微微吃驚，如果是一般人著了這一下，這時候半邊身子早該失去知覺，對方居然還能生龍活虎！

唐缺這一出神，胡泰來的拳頭幾乎已經貼上他的臉頰，唐缺急忙俯身，躲避姿勢極為狼狽。唐缺怒道：「你找死！」

胡泰來不妙的預感越來越強烈，現在那種麻癢感已經從拳頭竄上了小臂，就像長時間壓迫後忽然釋壓的那種感覺，如同無數的小針在高頻率地刺著表皮。

這時，他看到了唐思思關切的目光，不禁心裡一熱，他知道留給自己的時間不多了，好在他也瞧出了唐缺對自己的硬馬硬樁頗為忌憚，他決定利用這有限的時間打倒唐缺，自己的手無所謂，但一定要讓他答應放過唐思思！

唐缺的壓力驟然增大！有人中了自己的蜂毒針還能完好地站著已屬罕見，更別說還能找自己拼命了，胡泰來打出十二分的剛勁，唐缺卻不願意和這樣強弩之末的人玉石俱焚，他腳下遊走，在靜靜等著胡泰來倒下，沒想到胡泰來越打越勇，唐缺逐漸被逼到了方磚的角上。

他有言在先：出了磚地就算輸，這會兒只有鋌而走險——他飛身而起，雙手搭住胡泰來的肩膀，一個空翻躍到了對方的身後，他閃開之後，胡泰來的兩個肩頭各多了一枚銀針，他右臂、雙肩麻癢併發，而且有聯合成一片的前兆，胡泰來知道大勢已去，但仍然揮拳撲向唐缺。

唐缺冷笑一聲，在離胡泰來七八步遠的地方靜靜等著，胡泰來張著怒目衝過來，可速度以很明顯的幅度慢了下來。待他衝到唐缺近前，已經形如老牛，唐缺兩隻手裡攥滿了銀針，分別在胡泰來手背、胳膊、前胸上隨手扎著。

胡泰來仍然做出一個單拳衝擊的樣子，但已經像慢鏡頭一樣，他一拳沒打完被扎成刺蝟，隨即噗通一聲栽在地上，身體還保持著進擊的模樣。

唐缺前兩次用銀針突施暗算，那是因為他在和胡泰來生死搏鬥，雖然有失光明但無可指摘，到最後對手失去戰鬥力仍然補針，那就是惡意報復了。

唐思思飛撲到胡泰來身邊把他抱起，顫聲道：「給我解藥！」

「你這個王八蛋！」王小軍同時間則衝向唐缺。

「大哥不要！他不會武功！」

唐思思大喊了一聲，她看出唐缺已經失去耐心。

唐缺聞言一愣，霍然出手抓住王小軍的胳膊，王小軍就像小雞過電一樣軟了下來，唐缺手上使勁，冷冷道：「跪下！」

王小軍只覺胳膊像被夾進了鉗子一般毫無掙扎的餘地，滿頭大汗，嘴上道：「兒子要老子磕頭可是要遭雷劈的！」

唐缺冷笑，手上加力：「再不跪下，你這條胳膊就別想要了！」

王小軍額頭上的汗水條條滑落，身子也漸漸不由自主地佝僂起來，但他

死咬牙關不肯彎腰，這時他腦子裡莫名地地閃出「鐵掌幫」三個字，他可以不把自己當江湖人，但他知道他要是跪了，那就是丟了鐵掌幫的人。

唐思思帶著哭腔道：「王小軍，你別死撐了！」

就在這時，有個人影慢慢從陰影裡踱步而出，平靜道：「鐵掌幫的人不是你想欺負就欺負的！」

「誰？」唐缺警惕地問。

「我。」

這句話說了等於白說，陰影中走出的那人，三十歲上下的年紀，梳了個中分頭，樣貌普通，卻是誰也不認識。

王小軍忍著疼道：「怎麼今天來的人都不敲門啊？」

「你還有心思耍貧嘴？」唐缺冷冷道。他抓住王小軍的胳膊不放，挑釁地向中分一揚下巴，「我要是就欺負呢？」

中分頭加快步伐迎面走向唐缺，右掌在肋下劃個弧度慢吞吞地拍向唐缺。

「就這樣？」唐缺輕蔑地笑了。

「啪——」

兩個人對了一掌，聲音不輕不重，就像是在擊掌一樣。緊接著，唐缺忽然踉蹌著退開，不由自主地丟下了王小軍。

「你是誰？」唐缺變色道。那人看似輕描淡寫的一掌竟有如此威力，他恍然道，「你是鐵掌幫的人？」

中分搖頭搖頭：「不知道以前是不是，但現在一定不是。如果硬要說我和鐵掌幫有什麼關係的話，我就算是一個棄徒吧。」

唐缺下意識地質問王小軍：「你們鐵掌幫的人都是這麼故弄玄虛的嗎？」

王小軍揉著胳膊狠狠地瞪了唐缺一眼道：「我真不認識他——慢著，你確實有點眼熟啊。」

中分頭道：「警察是不是找過你了？」

這話一出，王小軍終於想起了這個人——他在警察那裡見過此人的照片，用警察的話說，這個人在情敵的汽車修理廠搞破壞，到處按鐵手印；王小軍又想起自己那天信誓旦旦地跟警察說世界上不可能有這樣的功夫，看來自己是無意中說謊了。

「你是齊飛？」王小軍依稀還記得警察描述過他的名字。

齊飛點頭：「就是我。」

唐缺森然道：「不管你是不是棄徒，現在我做事，你是要來橫插一手嗎？」

齊飛淡淡道：「別人我不管，鐵掌幫畢竟跟我還有三分淵源，你欺負他的門人我若袖手旁觀，這三分情義也沒有了。」

唐缺冷笑道：「為了三分情義，你居然不惜和唐門作對？」

齊飛道：「管你是糖門還是鹹門，別囉嗦，要麼滾蛋，要打我陪你。」

「好，我滿足你！」

唐缺手臂大張，三枚銀針帶著三點寒光射向齊飛前胸。

他故意高聲叫嚷來掩飾暗器的破風聲，此時又是深夜漆黑一片，這三枚銀針著實又狠又快，唐缺自出現在鐵掌幫以來，除了嚇唬楚中石，這是第一次正經八百地施展唐門絕學！

齊飛手掌往上一托，看似有點笨拙地把三枚銀針托到了天上，良久才聽到叮叮叮的響動，也不知道掉落到哪去了。

他若無其事的化解掉暗器，一邊跟王小軍搭話：「王小軍是吧？你爺爺和你爸都不在嗎？」

「不在。」

「你大師兄也不在嗎？」

「也不在，看樣子警察們說的都是真的嘍？」

齊飛無趣道：「是真的。」

唐缺氣得臉色更白了：「喂，你這算是和我動手了嗎？」

齊飛瞥了他一眼道：「你打的是鐵掌幫的人，有種就等他爺爺和父親在的時候再來折騰，我作為外人，沒義務跟你死磕，明白嗎？」

唐缺哼了一聲道：「好，別讓人以為我怕了你們鐵掌幫——你爺爺什麼時候回來？」後一句是對王小軍說的。

唐思思帶著哭音道：「你給我解藥，再晚人就不行了！」

胡泰來全身還保持著剛才的樣子，不但手腳不能動，連話也說不出來，只有眼睛還可以眨動。

王小軍著慌道：「這是什麼毒？」

唐缺道：「以他的身體素質，再拖個三五分也死不了，最多就是全身癱瘓而已。」

王小軍咬牙切齒道：「老胡要有個三長兩短，我跟你沒完！」

唐缺冷聲道：「別說我怕事，三天後我會再來，這三天你可以去找你的師父師兄來助陣。」他面向唐思思道：「三妹，到時候你仍然得跟我走。」

王小軍喝道：「把解藥拿出來！」

唐缺目光灼灼地看著胡泰來，自他出江湖以來，從來沒有人敢跟他對著幹，黑虎門鐵掌幫並不在他眼裡，他不介意讓胡泰來多吃些苦。

齊飛把手掌貼在牆上隨便劃拉著道：「做人還是留點餘地好。」他手指劃過的地方都留下了淺淺的指痕，就像那面牆是用白砂糖做的一樣。

這時，從胡泰來上衣口袋裡掉出一張紅色請柬，唐缺臉色變了變道：「你是武協的人？」

其他人都不知所云，唐缺點點頭道：「難怪，把他的嘴掰開。」

唐思思把胡泰來的嘴剛掰開一條縫隙，唐缺手指一彈，已將一顆藥丸彈進胡泰來的嘴裡，他對王小軍道：「記住，三天後我再來。」又對唐思思道：「到時候希望你不要再連累你的朋友。」

唐缺走了。

王小軍攙著胡泰來問齊飛：「你怎麼會在這裡？」他心亂如麻，也沒工夫攀交情了。

齊飛意興闌珊道：「我也不知道，無意中亂逛不知不覺就到這裡了，鐵掌幫的功夫你一點也沒學嗎？」

王小軍不知道該如何回答了。

齊飛擺了擺手道：「算了，我走了。」

王小軍看著他的背影道：「警方還在找你嗎？」

齊飛沒理他。

「別再砸人車了！」王小軍喊了一聲。

齊飛的腳步頓了頓，走遠了……

胡泰來在王小軍和唐思思的攙扶下，顫顫巍巍地坐在石桌前，過了老半天才費力地說道：「好厲害的毒啊！」

「你現在感覺怎麼樣？」王小軍忙問。

胡泰來勉強擺手道：「還是麻，過陣子不知道怎樣。」

王小軍懊惱道：「老胡，是我連累了你，沒想到唐缺這麼能打，早知道咱們該想別的辦法。」

胡泰來一笑道：「說什麼話，我也是為了思思。」

唐思思趕忙道：「中了我大哥的蜂毒針，只要吃解藥及時，便不會留後遺症的。」

王小軍和胡泰來一起轉向她。

唐思思怯怯道：「其實……我是從家裡跑出來的。」

「從見你第一面我就知道了！說點別的！」王小軍道。

胡泰來摸著麻勁還沒完全褪去的嘴道：「現在我們還知道你是從唐門跑出來的。」

唐思思眼睛一紅，泫然欲泣道：「我爺爺要把我嫁給當地的有錢人……我不樂意，就離家出走了。」

「有錢人你還不樂意？」王小軍道：「照你的家世背景來看，那個男的八成也是什麼狗屁武林世家吧？」

唐思思撇嘴道：「不是，但他們家倒是貪圖我們家在當地的名聲，而我爺爺是想沾他家資產的光。」

胡泰來詫異道：「唐門也做這種事？」

唐思思抽噎道：「唐門開銷很大，家族生意這些年都在賠錢，已經到了入不敷出的地步。」

王小軍一拍桌子：「那也不能賣女求榮啊！你爸你媽呢，也不管你？」

「我爸在家裡沒地位，現在家裡除了我爺爺，就是我大伯說了算，我媽連插嘴的資格都沒有，唐缺是我堂兄。」

王小軍恍然道：「這就難怪了，但凡是親兄妹，唐缺也不會對你這麼狠。」末了他嘆氣道：「我還以為一個豪門大小姐跑出來能有多驚心動魄的故事呢，原來又是逃婚這種老梗。」

唐思思默然道：「我早就說了我的故事一點也不精彩嘛——老胡，小軍，你們怪我沒對你們說實話嗎？」

王小軍道：「你也沒騙我們，怪不著你。」

胡泰來突然問道：「思思，看你打楚中石的那一下，你的身手應該也不錯吧？」

唐思思臉紅道：「我只學過一些最粗淺的暗器功夫，如果楚中石不是被網纏住，我絕沒可能成功……我剛才沒有出手幫你對付唐缺，是因為那樣做的話會真的惹火他……」

王小軍道：「當初你為什麼找上我和老胡？」

「因為我真的以為你這裡是特色民宿——現在哪還有叫鐵掌幫的地方啊？」

王小軍：「……」

胡泰來慢慢舒展開雙臂和肩膀，讓王小軍和唐思思把扎在肉裡的針逐一拔出來，三個人陷入了沉默。

良久，胡泰來才道：「小軍，接下來你有什麼打算？」

「你是說找我爺爺和我爸的事嗎？」王小軍皺著眉道：「我現在第一次真心的想馬上見到他們，可是我真的找不到他們，一年以前我爺爺就徹底失聯了，我爸隨後也沒了音訊……說句不好聽的，就算能找到，我這心裡也沒底。」

胡泰來道：「齊飛你已經見過了，他只是你幫裡一個棄徒，你還在懷疑自己幫派的功夫嗎？」

「老胡，你要知道我爺爺已經七十多歲了，我爸也快六十了，唐缺才三十出頭。」

唐思思紅著眼睛道：「不用為難了，三天後我跟唐缺回去。」

她忽然站起身道：「這些天多謝你們的照顧，我現在什麼都做不了，就讓我為你們再炒一次飯吧！」說著，深深地鞠了一躬就要進廚房。

王小軍無語道：「半夜三更的炒什麼飯，你給我坐下！淨搞些沒用的！」

唐思思只好悻悻地坐下了。

王小軍揉著被唐缺抓傷的胳膊，呲牙咧嘴道：「按說張小花的書不至於這麼憋屈啊——」

他猛然抬起頭，眼睛發亮地說：「思思，要不我們帶著你逃跑吧！」

唐思思嘴一癟道：「往哪跑？」

胡泰來道：「你就不顧及鐵掌幫的名聲了嗎？」

王小軍似乎是真的找到瞭解決問題的辦法，眉開眼笑道：「咱們不往遠跑，也不會壞了鐵掌幫的名聲——我跟你們說過我還有個大師兄的事嗎？」

胡泰來道：「唐缺有言在先，你找來師兄也行，這倒是個折中的法子，可是你確定你大師兄對付得了唐缺？」

王小軍認真道：「我雖然不知道他武功如何，甚至我不知道他到底會不會武功，但老胡你要相信，我大師兄有經天緯地之才！」

胡泰來雖然知道王小軍嘴上向來沒有把門的，這會兒見了他認真的樣子也不禁遲疑道：「真的？」

「當然是真的！」王小軍看看濛濛亮的天色，霍然起身道：「咱們這就出發！」

天色徹底放亮之後，王小軍帶著胡泰來和唐思思離開了鐵掌幫，他們先

搭車到長途汽車站，然後王小軍買了三張去八王鎮的長途車票。

長途車穿過市中心，上了高速公路，經過半上午的行駛又下了高速公路，在並不寬敞的路上走走停停，上下車的人的言談舉止和穿著打扮也漸漸有了城鄉結合的特色。

胡泰來終於忍不住問王小軍：「你大師兄不在本地？」

「嚴格說沒有跨省，所以你這個問題不好回答。」王小軍在車上瞇了一覺，這會兒精神見好。

「呃，他是什麼樣的人，多大歲數？」

「我已經聯繫過他了，你很快就會見到他的。」

唐思思憂心忡忡道：「王小軍，他要是個怕麻煩的人，咱們還是別去了，我現在就是個大麻煩，去哪兒哪兒倒楣。」

王小軍樂呵呵道：「在這地界，沒有什麼事能讓他覺得麻煩的。」

胡泰來小聲問：「你大師兄混了黑社會了？」

「誒，到地方了。」

王小軍往窗外一指，帶著兩個人下了車。

他們下車的地方，是八王鎮的長途汽車轉運站，四下望去可見小鎮風貌，有寬敞的馬路，也有泥濘的小道，穿得土裡土氣的老鄉騎著三輪在街邊賣水果和蔬菜，偶爾也有豪車揚長而過。

三個人下了車，王小軍就開始左右張望，一個戴墨鏡的中年人遠遠地招手：「小軍！」來人四十多歲，酷酷的。

「又辛苦張哥了。」王小軍看來跟那人很熟。

被稱為張哥的墨鏡中年人也不多說，帶著王小軍等人來到一輛已顯破舊的桑塔納前，招呼眾人上車。

「這不是你大師兄？」胡泰來從後座探過身子小聲問。

張哥爽朗道：「我是他大師兄的司機。」

「你大師兄到底是幹什麼的呀？」唐思思忍不住問。

「答案馬上就揭曉了。」王小軍故作神秘道。

車子在鎮上左拐右拐，張哥和王小軍有一句沒一句地聊著，漸漸上了一條比較寬的馬路。

「小軍，你們吃早點了嗎？」張哥問。

「吃過了，張哥別費心。」

「好，那咱們就直接去找你大師兄了。」

胡泰來和唐思思越來越好奇，這司機、這車子都看著很含糊，無法明確地定位出一個人在社會上的地位。

最終車子停下來的地方讓胡泰來和唐思思都大跌眼鏡——這是一座看著還算氣派的大樓，門口的的牌子上寫著：

八王鎮鎮政府。

胡泰來索性也不問了，張哥把他們送到就停車去了，王小軍則帶著倆人徑直往大樓裡走。

「小王。」

這回冒出來的是一個穿得方方正正的中年婦女，有股「婦女主任」的氣質，她和藹地接待了王小軍。

婦女主任看樣子是受人之託從張哥手裡「接管」王小軍，她把三個人帶上了二樓的一間辦公室，讓他們稍等，客氣地給大家從飲水機裡接水泡茶。

這時走廊裡有腳步聲傳來，婦女主任急忙開門迎了出去，就聽她殷勤道：「鎮長，您師弟已經到了。」

胡泰來和唐思思聞言驚愕地對視了一眼，異口同聲道：「你大師兄是鎮長？」

王小軍笑嘻嘻道：「我不是說了嘛，我大師兄很有才的。」

就聽走廊裡有個寬和的男聲道：「謝謝，你去忙吧。」

胡泰來和唐思思不約而同地屁股離開椅子，翹首以待。

門一開，一個四十多歲的禿頂胖子走了進來，他穿著一件灰白色的夾克衫，配著西褲黑皮鞋，這幾乎是所有公務員在非正式場合的經典配備，胖子溫和地看著眾人。

胡泰來和唐思思又一屁股坐回了椅子。他們怎麼也沒想到王小軍的大師兄是位鎮長，最主要的是：他們沒想到他是個胖子，而且還是一個四十多歲的禿頂的胖子！

其實他們早就從王小軍嘴裡知道有這麼個大師兄，言語中也看出王小軍對大師兄頗為親近，但他以這種形象出現，老胡和唐思思還是沒有心理準備。

中年胖子一手端著茶杯，微笑道：「各位好，我是小軍的大師兄王石璞，幸會幸會。」

胡泰來和唐思思尷尬地起身打招呼。

「坐吧。」王石璞按按手道：「怎麼小軍一大早就給我打電話說你們遇到難處了？」

胖子個頭中等，肉頭肉腦，穿著乾淨待人和善，最難得的是他的氣質——既不像個武林高手，甚至也不像是一鎮之長，你說他是經營土產的小老闆或者圖書館管理員都行，就是不像前兩種。

胡泰來剛坐下又站了起來，抱拳道：「在下是黑虎拳門下胡泰來，見過王師兄。」

王石璞仍舊和藹道：「坐、坐，尊師祁老爺子還好嗎？」

胡泰來吃了一驚道：「你認識我師父？」

王石璞道：「前幾年的時候有過一面之緣，祁老爺子很願意提攜後輩，所以我們聊過幾句。」

胡泰來有些不可思議，他從小跟師父學藝，幾乎沒見他去過別的地方，這位大師兄卻可以確定是頭一回見。

唐思思小聲問王小軍：「你說你大師兄不怕事，就因為他是鎮長？」

王石璞隔著桌子問王小軍：「你們到底遇上什麼事了，慌裡慌張的？」

王小軍難得認真道：「師兄，你得跟我說句實話，咱能鐵掌幫在武林裡到底是什麼地位？再問明白一點——咱們的鐵掌遇上仇人真的管事兒嗎？」

這也是這段時間一直困擾他的問題。

王石璞一愣，把一雙胖乎乎的手放在桌子上支吾道：「這叫我怎麼說呢，小軍，你也不是小孩子了，要知道武林不是你們想像中那麼酷的。很多人加入個所謂的門派，不過是找找新鮮，也有的是為了強身健體。」

唐思思低聲問胡泰來：「他說的是真的假的？」

胡泰來沉吟不語，唐思思又自說自話道：「我看他八成也什麼都不知道，而且他入鐵掌幫健身都沒健好，你看他那肚子！」

胡泰來唯恐王石璞聽見，小聲道：「別瞎說。」

王小軍嘿然道：「師兄，你不能騙我吧？」

王石璞不自在地撥了撥稀疏的頭髮道：「不騙你，我騙你幹啥？」

「好，先不說這個，我先把我到底得罪了誰跟你說。」

王小軍把怎麼認識了胡泰來、怎麼得罪了虎鶴蛇形拳、又怎麼收留唐思思都講了一遍，尤其是昨天晚上唐缺上門鬧事和齊飛忽然出現的經過和交手的細節。

王石璞端著茶杯不動聲色地聽著，看不出他是不在意還是不相信，總之就是那種老爸在聽三歲兒子講故事的和藹微笑和心不在焉。

唐思思霍然站起道：「王鎮長，小軍找你是為了幫我，不過，你要是想以鎮長的身分讓我堂哥知難而退，我可不能同意，咱們江湖事江湖了，如果牽扯出別的東西來只怕會更麻煩，我給大家惹的麻煩已經夠多的了。」

王石璞依舊平淡地微笑著，又往下按按手：「坐下、坐下，小軍新認識的朋友怎麼都這麼容易激動，唐門也不是什麼了不得的門派嘛，用不著擔心。」

唐思思下意識地想讓胖子說話小心點，可一想：人家是為了幫自己，只好鬱悶地閉上了嘴。

王小軍目光灼灼道：「這麼說，大師兄你是有把握對付唐缺？」

王石璞不置可否道：「既然都來了，那就先在我這兒住下，那個唐缺要是來了，我去和他談談。」

·第七章·

第一重境

段青青把咖啡杯在桌子上一放，淡淡道：「鐵掌幫的入門三十掌你也學過吧？想練成鐵掌第一重境其實很簡單——用入門掌法在木人樁上每天打夠九萬掌，連續堅持三天，第一重境就成了。」

「啊？」王小軍道，「就這麼簡單？」

「你準備怎麼跟他『談談』？」王小軍不依不饒問。

王石璞尷尬地搓搓手，自嘲道：「我確實是不太會撒謊——小軍，你這兩個朋友你信得過嗎？」

「當然！」王小軍毫不猶豫地說。

「好，那我就實話實說了，關鍵是就算我想瞞著也瞞不住了，現在，我來正式回答你剛才那兩個問題。」

王石璞一字一句道：「首先，咱們鐵掌幫是江湖六大門派之首，其次，你問我咱們的鐵掌管不管用，我只能說，唐缺那種成色，小師妹對付他也綽綽有餘。」

聽完王石璞這句話，屋裡所有人全都呆住了！

這裡面，只有胡泰來從各種蛛絲馬跡中已經有所判斷，所以有心理準備。唐思思見一個「特色民宿」的老闆的「鎮長大師兄」說出這種話來，只有不可置信。

王小軍則是最震撼的一個！他震撼，是因為他雖然十六歲才入會，可實際上他在鐵掌幫已經生活了廿一年。他震撼的是自己的爺爺、父親既然都是絕頂高手，自己居然毫無察覺。

他更震撼他們居然一點真功夫都沒教給自己……

「這到底是怎麼回事呀？」

王小軍帶著哭音喊了句，充滿了一種「眼睜睜看著父母立遺囑把所有財產都給了別人」的情緒。

唐思思冷不丁道：「不可能！就算我們唐門不把女兒當自家人，我也明著暗著學了不少功夫，難道王小軍不是你們幫主的親孫子？」

王小軍強自鎮定地道：「大師兄，你就告訴我我親生父母是誰吧！」

胡泰來插話道：「王師兄說的至少有一點不假——段師妹的功夫就不弱！」

王小軍和唐思思異口同聲道：「你怎麼知道？」

胡泰來緩緩道：「那天我和虎鶴蛇形拳的大武比試，我們武功本來在伯仲之間，可他忽然就落敗了，你們想想為什麼？」

「為什麼？」

「因為段師妹向他揮了一掌！」胡泰來道：「當時大武是為了躲開那一掌才讓我有了可趁之機，也許他自己也沒想明白其中的關竅，所以只好認倒楣了。」

唐思思回憶道：「你這麼一說好像是耶，青青當時擋了大武的路，大武是為了躲開青青才沒避開你，我還以為是他有君子風度呢，現在想來，大武是權衡之後，選擇了吃你一拳而不是被青青的掌拍到。」

「連青青都是武林高手！」王小軍探過桌子衝王石璞嚷道：「你今天必須給我一個說法！」

王石璞捂著茶杯口，以免王小軍的口水掉進去，他淡定地看著王小軍，等王小軍情緒稍微平和了些才說道：「胡老弟和這位唐家妹子，請讓我和小軍單獨待一會兒。」

王小軍不平地道：「有什麼話你就說吧，我的事不用避諱他們。」

王石璞為難道：「不光是你的事，下面我要和你說的是關於鐵掌幫的秘密，以後你可以選擇自己跟他們說，但我只能告訴你一個人。」

胡泰來識相地拉著唐思思道：「那我們就不打擾了，小軍，我們在外面等你。」

胡唐二人走後，王石璞肅穆道：「下面我要和你說的都是鐵掌幫的機密，你有什麼不明白的可以隨時問我，但有些話出了這個屋就得爛在肚子裡，你明白嗎？」

王小軍受他感染，點了點頭。

王石璞用那種飄渺悠遠的說書語調道：「鐵掌幫自古在武林中就是一個大幫……」

王小軍崩潰道：「就說你們為什麼不讓我學功夫的事就行！」

「別急。」王石璞照舊還用那種講古的語氣道：「鐵掌幫自古在武林中就是一個大幫，幫中高手眾多聲名赫赫，其中最重要的原因，就在於我們鐵掌幫的功夫上手極快而威力極大，鐵掌幫的鐵掌實為天下至剛至猛的掌法，比起少林的大力金剛掌和崆峒的伏龍銅掌毫不遜色，而且最大的優點就是可以速成，一般一年就可以有小成。」

王小軍愕然道：「真的有這些門派呀？我怎麼像跟聽書似的？對了，你剛才說武林六大派是哪六大派？」

王石璞道：「這些我以後再告訴你，繼續說鐵掌幫——鐵掌幫歷代幫主都是王家人擔任，以前幫中弟子眾多，可是到了近代漸漸式微，你知道是為什麼嗎？」

「為什麼？」

王石璞臉上浮現出一層陰鬱之色，他剛要說話就聽有人敲門，王石璞無奈道：「進來。」

一個幹事模樣的年輕人推門進來，小心翼翼道：「鎮長，被日報曝光的那幾家污水廠怎麼處理？」

王石璞攏了下頭髮道：「停業整頓，以三個月為期限，能整治好的就繼續開業。你告訴他們，那一小片地上開三家造紙廠太多了，誰落在最後沒整改好，誰就別幹了。」

「呃……」小幹事訥訥道：「可是鎮長，不造紙你讓他們幹什麼去啊，萬一跑到咱們這兒來鬧事就……」

王石璞吸溜了口茶水道：「誰讓你真的讓他們關門了，誰最後一個整改完，明年植樹節咱們機關的那五十個樹坑就歸誰挖去，你還能賣個人情，凡事動動腦筋嘛。」

「嘿，還是鎮長想得長遠，那我去了。」小幹事在本上記著重點，屁顛屁顛地走了。

王石璞回頭道：「剛才咱們說到哪兒了？」

「漸漸式微。」王小軍道。

「嗯對，這個到了……」

王石璞剛要接上話頭，門又被輕輕推開了。這回是婦女主任，她陪著笑臉道：「鎮長，玉石廠開幕剪綵您還去嗎？」

「能不能推掉？」

婦女主任面有難色道：「怕是不好推，玉石廠贊助的那二十台電動自行車，咱們已經給去年評選出來的優秀工作者當獎品發下去了。」

王石璞揮揮手道：「那就讓李副鎮長辛苦一趟，玉石廠這邊一直是他負責聯絡的，不過，你跟李副鎮長交代明白，對方要說免稅的事那就免談，我們倒是可以用批發價進一些玉石當紀念品，在會議上發一發，也是一種很好的宣傳嘛。」

「行。」婦女主任也退出去了。

王石璞抱歉地笑笑，王小軍只好再次提示他：

「漸漸式微！」

「對，鐵掌幫到了近代就漸漸式微了，為什麼呢？」王石璞臉色鄭重道，「那是因為隨著歷代幫主和幫中高手的實踐，發現鐵掌幫的武功裡存在著致命的缺點！」

「啊？」王小軍也被嚇了一跳。

王石璞遙望遠方道：「沒錯，隨著前人的積累，後人越來越容易把鐵掌

練到極精深的地步，這個致命的缺點也就體現出來了——鐵掌練到後面，會對練功者產生越來越強的反噬。究其原因，很可能是因為這種速成之法透支了練功者的身體，鐵掌幫很多高手沒有死傷於和對手的決鬥，而是莫名其妙地就成了廢人，到了你太爺爺那一代，這件事才終於真相大白！」

王小軍冷汗涔涔而下：「怎麼會這樣呢？」

這個消息對他的打擊甚至超過剛才，他才剛知道自己的幫派有多厲害，結果不過三秒就破滅了，王小軍瞬間明白了很多問題：

「所以我爺爺和我爸從來不肯好好教我功夫，為的就是怕我以後走火入魔？」

王石璞點點頭道：「這是主要的原因，再有就是看你對江湖也沒有什麼興趣，二老索性不再糾結了；尤其是你父親，他見你不愛學功夫反而挺欣慰的。」

王小軍心裡說不上是什麼滋味，猛然道：「既然鐵掌幫的功夫有這麼大的弱點，你們為什麼沒事？我爺爺如果為了門人考慮的話，他就不該再收徒弟。」

王石璞嘆口氣道：「當年你爺爺收我為徒之前，就有言在先，說明了加入鐵掌幫的風險，他招收的都是極有天賦的少年，不光為了傳藝，也是為了以後大成之日能和他一起參詳其中的謎團。」

王小軍撇著嘴打量了王石璞一眼：「你的意思是：你當年是『極有天賦的少年』嗎？」

王石璞自矜地笑了笑，等於是默認了。

「那齊飛和小師妹也都是爺爺選拔出來的天才少年？」

王石璞道：「不是，齊飛悟性只能說還可以，優秀就談不上了，收不收他做正式弟子，你爺爺本來就在模稜兩可之間，後來又發現這人做事偏激，索性把他開除了，其實也是為了他好。青青的爺爺和你爺爺有舊，收她是礙於面子，好在她那愛耍小聰明又跳脫的性子對什麼都是淺嘗即止，倒不用擔心她有走火入魔的那天。」

王小軍道：「哦，這麼說這個秘密她還不知道？」

「不知道，也不打算讓她知道，憑她現在的身手也該知足了，就讓她安安靜靜地做個二三流高手就是了。」

王小軍悚然一驚道：「你說鐵掌練到後來會反噬……那爺爺和我爸現在在哪兒？」

王石璞道：「他們一年之前找地方閉關，就是為了探究解決的辦法。你放心吧，憑他們的本事，就算有意外情況，也不會一起出事。」

王小軍憂慮道：「爺爺是不是已經被反噬了？」

王石璞頓了頓道：「恐怕是這樣，根據鐵掌的精深程度，大致可以分成七個階段，簡稱七重境，前六重不會有大礙，到了第七重是最艱險的地步，你爺爺也算是不世出的奇人，鐵掌幫裡也只有他到了這個境界。你爸比他差了一重，反而安全些。」

「那你呢？」

王石璞臉一紅道：「我到了第四重上已經感覺到窮途末路，說來慚愧，我也是你爺爺親自挑出來的，可想幫他老人家分擔重任，我的天分顯然還不夠，我們現在需要的不單是萬裡無一的人才，更需要百萬裡無一，甚至是億萬裡無一的天才！」

王小軍現在已經逐漸瞭解了自己門派的危機——如果把鐵掌幫比喻成一個遊戲角色，那麼在遊戲初始他得到的經驗值就是別人兩倍甚至十倍，升級快，但有個怪圈就是每次練到九十九級就會被自動刪號，想要解決問題就必須找到程式裡的ＢＵＧ；能做到這件事的人，大公司裡的技術顧問或者是一般的駭客是不行的，必須得是賈伯斯或者比爾．蓋茲那個級別的。

王小軍沮喪道：「大師兄，我們是不是到了傳說中的生死存亡之秋了？」

王石璞淡淡道：「小軍，你要看開些，漢唐這樣的盛世也終究滅亡了，何況一個門派，這就是歷史和宿命，我們隨遇而安也就是了。」

王小軍青著個臉道：「簡言之一句話，鐵掌幫『藥丸』啊！」

「一切就要看你爺爺和父親的了。」

王小軍嘆氣道：「師兄，唐缺的事你打算怎麼處理？」

王石璞微笑道：「鐵掌幫不是還沒完嗎？怎麼？你覺得你師兄不是天才，就連唐門都對付不了了？」

王小軍忽然換了副嘴臉探過身子笑嘻嘻道：「大師兄，你能不能教我幾招真功夫，我去對付那小子？」

「這是為什麼？」

「我想親自報仇！」王小軍摸著被唐缺抓得淤青的胳膊，憤憤道。

「恐怕來不及吧？」

王小軍道：「說不定我就是你說的那種億萬中也無一的天才呢？」

不料王石璞堅決地搖頭道：「你爸不讓你練武的用意你現在也明白了，

你是想讓他前功盡棄嗎？我可不敢冒這個大不韙。」

「我求你了還不行嗎？」

「不行！」王石璞破天荒瞪眼道：「就這麼定了，你就在我這兒住下，有什麼事我替你解決。我跟你說的話的嚴重性，你自己掂量，告不告訴你的朋友仍由你自己決定。」

說著起身要走。

王小軍拉住王石璞道：「師兄，我以前都不知道你功夫如何，你給我露一手吧。」

王石璞哭笑不得：「露什麼一手？」

「你把這張桌子給我劈了看看。」王小軍指著鎮長辦公室那張大實木桌子說。

「這是公家的！」

「不管，你必須給我露一手！」

王石璞被逼無奈，把手指按在桌上那個玻璃煙灰缸上，就像剝雞蛋皮一樣把它剝成了一堆碎片。

那煙灰缸是市面上能買到的最大的那種，厚壁厚底，形同小臉盆，被王石璞剁下來的玻璃片整整齊齊形狀統一，呈現出漂亮的玻璃稜面，就像被人用斧子配合鑿子鏨下來的一樣，王小軍瞬間驚呆了。

「等等，你還沒告訴我六大門派之首是怎麼回事呢？」

王石璞拉開門，正色道：「這跟我們鐵掌幫就沒關係了，以後你踏踏實實找個工作上班去吧，你還是以前的你，就當從沒聽過我說的話——我會叫人安排你們住下，其他的你就別管了，我還有一堆事，晚點再來找你。」

王石璞走了以後，王小軍坐在椅子上發呆，他腦子裡亂哄哄的，這幾分鐘的談話訊息量實在太大了。

自己身處的鐵掌幫，是一個看似強大其實危機四伏的幫派，爺爺離被刪號只有一步之遙，老爹算是亦步亦趨，大師兄不但限於天分，還得分出精力整治造紙廠和給人剪綵；小師妹對這一切都懵然無知，鐵掌幫實在已經到了懸崖邊上，聽大師兄的意思，他們已經做好了讓鐵掌幫自生自滅的準備。

這些可以以後再想，最讓王小軍抓心撓肝的是：鐵掌幫五個人裡，爺爺和父親看來能被稱為宗師級的人物，大師兄雲淡風輕，起碼是頂尖高手，連小師妹都算得上二三流高手，只有自己……空有一雙手。

以前他還沒有感覺，可是最近不到半個月的時間裡卻讓他對「武林」這

個詞有了最深刻的理解，在這裡實力就是一切，尤其是他想到高冷的唐思思每每哀求唐缺時，他自己被人像抓小雞一樣抓住時，他明白，自己現在雖已身在武林，可連保護朋友和自己的本事都沒有。

「憑什麼你們都是高手，只有我到處挨打受氣？反噬、致命缺點，這些跟我有關係嗎？就算有也是七老八十以後了吧？再說，你們怎麼知道爺爺完成不了的事我也完成不了呢？」

王小軍身子巍然不動，可是心裡卻壯懷激烈！

「不行！我也得練功，我也得學武，我也得成為高手，我不能寄人籬下做溫室裡的花朵，唐缺那孫子必須得由我自己來對付！」

王小軍正在暗暗發狠，胡泰來和唐思思推門進來了。

唐思思迫不及待道：「你大師兄跟你說什麼了？」

王小軍兩眼直勾勾地盯著他們道：「記住，我以後就是一個門派所有的未來！」

「發什麼神經呢？」唐思思撇嘴。

可是王小軍很快就發現一個問題——現在鐵掌幫裡沒人願意教他武功！

這時王小軍的電話響了，是段青青。

王小軍心裡一動。

「王小軍你死哪去了？」段青青呵斥了一聲，聲音裡卻帶著明顯的關切。

「青青？怎麼這麼問？」

段青青道：「我現在在幫裡，院子裡怎麼亂七八糟的？還有，牆上的指頭印是怎麼回事？」

段青青連珠炮似的問。

王小軍明白了，這是段青青回去見沒人，又看院子裡有格鬥的痕跡，所以記掛自己。王小進忽然電光火石地一閃念：現在鐵掌幫裡如果只有一個人能教自己武功，那這個人只能是段青青！

王小軍忙道：「青青，兩個小時以後我回去，你找個地方我們見面吧。」

「你搞什麼鬼？到底出什麼事了？」

「就這樣，你等我電話。」王小軍掛了電話對胡泰來和唐思思道：

「走，我們回去！」

「不等你大師兄了？」

「那唐缺怎麼辦？」

胡泰來和唐思思追問著。

王小軍不答話，快步往門口走去，他現在搶時間，如果被大師兄發現自己去找段青青了，他一定會告誡段青青不要教他武功！可以說王石璞在把幫裡的秘密告訴王小軍的同時，就已經下定決心要永遠對他冰封鐵掌幫的武功，這是一定的！

他們剛出了辦公室門就見婦女主任迎上來。

「小王啊，你師兄交代我給你們安排住處，你們這就跟我走吧。」

「哦，我們先出去辦點事，一會兒回來再找你。」

婦女主任也沒多想，又去忙別的去了。

「快跑！」

王小軍領著胡泰來和唐思思乾脆在鎮政府的走廊裡跑了起來，他們跑出大院，搭了輛車直奔長途車站，然後坐了最近的一班車回家。

王小軍決定了，他要學武。

繼承先輩遺志、光大門派這些以後再說，他要先找唐缺報仇！

一路上王小軍都沒怎麼說話，倒不是憂國憂民憂幫——他得想些託辭把段青青的話套出來。

車到了地方，王小進對胡泰來和唐思思說：「你們先回鐵掌幫，我去見個人。」

胡泰來不好問什麼，唐思思不滿道：「搞什麼嘛，神神秘秘的！」

王小軍一笑道：「放心，哥肯定不能讓唐缺把你帶走。」

王小軍和段青青約的地方是本地一個規模不大卻很有名的咖啡館，王小軍知道段青青喜歡喝咖啡。

王小軍先到了一步，才剛剛坐定就見段青青從門口走進來。段青青沒有時下女生愛遲到的習慣，跟人約好了向來是能不遲到就不遲到。

段青青今天穿了件中性的青灰色上衣，下身是牛仔褲，露出一截腳踝，苗條時尚，又不會讓人覺得男人婆，這時從開著的門外有一束光打在她肩上，咖啡館裡無論是服務生還是男顧客都不由得人人側目。

段青青可謂家世顯赫，爺爺是本地軍區司令員，母親是商人，做傢俱生意，壟斷著很大的國內分額，資產甚難估計，算是富二代公主。

在小說裡，這種女孩往往刁蠻霸道，做事不計後果，憑著高顏值和身上的光環一路順風。但段青青卻不是這樣，從小她的家教就很嚴，別說惹是生非，連一句話一個動作不得體都會受到嚴厲批評，這造就了段青青的做事風格：雷厲風行、愛恨分明、絕不做於理有虧的事，給人留下話柄，簡言之，是一個爽快也講理的女孩。

王小軍很喜歡小師妹這種性格，兩個人年紀相差不大，有共同話題，也都不矯情，王小軍有時候也會暗暗琢磨，段青青這種女孩做女朋友，各方面都沒得挑，可每次這麼想的時候，心裡就會湧上罪惡感，最終他自己歸結為「太熟，下不去手」。其實說白了還是因為段青青不是他的菜。

至於段青青對王小軍大概也是這樣，兩個人在一起時從來不避男女之嫌，光明磊落得就差一起泡澡堂子了，所以王小軍和段青青之間可以這麼概括：他們之間有很深的兄弟情。

王小軍招手引起段青青的注意，段青青大步走來，皺著眉頭看了王小軍幾眼，這才對服務生說：「老樣子。」她喜歡什麼也不加的曼特寧咖啡，這裡的服務生都知道。

王小軍佝僂著腰瞄著菜單，看了一會道：「來杯加奶油的摩卡。」

段青青瞪著王小軍道：「現在能說了吧，牆上的手印是怎麼回事？」

王小軍道：「你認識齊飛嗎？」

段青青搖搖頭：「不認識，名字都沒聽過。」

「齊飛在咱們鐵掌幫學過功夫，看樣子時間不長，而且後來被我爺爺開除出幫了。」

段青青道：「你說他幹什麼？那些手印是他留下的？」

王小軍道：「沒錯，我眼睜睜看著他用手指在牆上留下的，我以前都不相信人能有這樣的功夫。」

段青青不動聲色地聽著，這遠遠不該是個武術初學者的樣子，也就是說，段青青並不覺得這有多了不起。

王小軍忽然道：「師妹，你到底會不會武功？」

段青青模稜兩可道：「會一點吧。」

「會一點是什麼樣的程度？」王小軍把面前的水杯往段青青跟前挪了挪道：「你能把這個水杯掰爛嗎？」

他下意識地看了一眼段青青的手，那雙手白皙漂亮，手指修長，絲毫看不出練過鐵掌一類的功夫。

段青青索性道：「你是不是見過什麼人，還是聽說什麼了？」

「我剛從大師兄那來，他跟我說了很多鐵掌幫的秘密。」王小軍忽然問，「青青，你的鐵掌練到第幾重境了？」

段青青不假思索脫口而出道：「正在突擊第二重，怎麼了？」

話一出她就意識到上當了，也明白王小軍確實已經知道了一些什麼。不過段青青是個磊落的女孩，她沒有掩飾，而是淡淡道：「你以前一直覺得鐵掌幫的武功都是花架子，怎麼最近突然感興趣了？」

王小軍憤憤道：「那是因為從來沒人跟我好好說過！你們一個個分明都厲害得不得了，就把我當傻子蒙在鼓裡，說起來，虎鶴蛇形拳的大武都不是你的對手吧？」

「你怎麼知道的？」

王小軍哼哼道：「誰也不是傻子，老胡當時沒看出來，不代表人家後來也沒想明白。」

段青青沉聲道：「我礙於幫規沒有出手，但他那樣撞過來不代表我不能正當防衛，小小的虎鶴蛇形拳也敢跟鐵掌幫叫板，我遲早找個機會把場子找回來。」

「你知道咱們鐵掌幫在武林裡的地位嗎？」王小軍小心翼翼地問。

段青青道：「我只知道咱們的鐵掌威力無比，不出名是因為師父師叔低調而已。」

王小軍了然，看來段青青除了學到了鐵掌幫中的武功，對鐵掌幫的地位、武功中的隱患都一概不知。

王小軍直截了當道：「青青，以後你教我武功吧。」

段青青擠出個笑臉道：「我可是你師妹。」

「可是你的排位在我之前，說明你武功比我高，現在幫裡只有你能教我了。」

王小軍忽然意識到鐵掌幫設立順位繼承人不是隨隨便便決定的，從大師兄簡短的介紹裡，他感覺到鐵掌幫在昔日武林裡是很強勢霸道的，幫主武功雖高，但處處和人爭強鬥狠，說不定哪天就掛，於是規定武功第二高的馬上繼承幫主之位，這樣就不怕幫裡沒了主心骨；以武功排位，也避免了任人唯親和徇私舞弊，光這一點就說明鐵掌幫的人生觀和價值取向是弱肉強食的。

段青青疑惑道：「你忽然要學武功幹什麼？以前不管對武功還是對武林你都嗤之以鼻，師叔沒有強迫你學，還告誡我們不要打擾你，你不該為有這樣父親感到驕傲嗎？」

王小軍心說你懂個屁，那是因為老爸壓根就看不起我，嘴上卻說：「唐思思不是你的好姐妹嗎？現在她遇到了事情需要我去擺平。」

接著王小軍把唐缺和齊飛如何動手的事說了一遍。

「嘎巴——」

段青青手裡的水杯瞬間被她握出了無數條觸目驚心的裂痕，原來她是真有這個本事的。

「欺人太甚！居然跑到我們鐵掌幫來撒野，最後還要靠一個棄徒來出面搞定。」段青青臉色鐵青道：「這件事你不用管了，唐缺再來，我去對付他！」

「喂！我可是個男人啊。」王小軍指著自己的鼻子道：「我也有自尊心的，再說，授人以魚不如授人以漁，我總不能一輩子靠你保護吧？」

段青青道：「你只要像以前那樣就當武林不存在好了，以後無論出什麼事都由我處理。」

王小軍撇嘴道：「為什麼聽你口氣，我覺得你才像是鐵掌幫的幫主？」

段青青居然認真道：「我當幫主有什麼不好嗎？」

王小軍吃了一驚：「你說真的？」

段青青道：「師父已經老了，師叔比他小一截也快六十了，大師兄身分特殊，肯定不能接任幫主，那你覺得再過十年二十年，這個幫主之位會傳給誰呢？」

王小軍指著段青青的鼻子又氣又笑：「看不出來啊段青青，狼子野心啊你？」

段青青翻個白眼道：「這是對鐵掌幫負責好嗎，難道你希望我們鐵掌幫毀在我們這一代？」

王小軍又指著自己的鼻子，鄭重道：「我就想問你一句——你把我當成啥了？原來你壓根就沒把我算在裡面是吧？」

「你排位在我之後，又是自己不想學武功，恐怕在你心裡，這幫主之位也不見得有多重要吧？」

王小軍無語，想想也真是，在他心裡當幫主唯一的好處，就是能把院子賣了，分筆錢出去玩……

「我現在變了！我要學武，段青青，我正式通知你，從現在開始，我要加入幫主之位的競爭！」

段青青笑咪咪道：「好啊，歡迎。」

王小軍換個表情笑嘻嘻道：「前提是你從現在開始得認真教我武功，不許藏私。」

「當然不會。」

這時，服務生把兩個人的咖啡都端了上來，段青青端起小口啜飲，王小軍則把上面的奶油拌在咖啡裡，又往裡面加了兩袋糖，他很少喝咖啡，每次喝都喜歡弄得稠稠糊糊，豔俗無比。

段青青掃了他一眼道：「我有句話要提醒你，練武吃不了苦可不行，我入幫三年，沒有一刻懈怠才有今天的成績，你想趕上我就得更加努力，不要以為輕輕鬆鬆就行的。」

王小軍擺手道：「你直接告訴我該怎麼練，閒話少說！難不成你是覺得我對你構成了威脅想嚇唬我？」

段青青冷著臉把咖啡杯在桌子上一放，淡淡道：「鐵掌幫的入門三十掌你也學過吧？想練成鐵掌第一重境其實很簡單——用入門掌法在木人樁上每天打夠九萬掌，連續堅持三天，第一重境就成了。」

「啊？」王小軍道，「就這麼簡單？」

「就這麼簡單。」段青青起身準備離開，忽而回眸一笑道，「二師兄，我看你還是回高老莊去吧。」

「一天打夠九萬掌？」段青青走後，王小軍嘀咕著，隨即悚然一驚：「那我可得抓緊時間了！」

他狂奔出咖啡館，搭車直奔鐵掌幫。

鐵掌幫裡的歲月仍是亙古不變，悠閒的仨老頭和長髮美男在打牌，發出劈裡啪啦的聲音。胡泰來在院子中央紮馬步，唐思思因為沒睡好在補美容覺。

王小軍跌跌撞撞闖進來，顧不上和胡泰來打招呼，一口氣衝到裡院在東廂房的倉庫裡翻找開來。

胡泰來隨後趕到，站在門口問：「你找什麼呢，你見到你小師妹了嗎？」

「找木人樁！」王小軍沒頭沒尾地冒出一句。

倉庫不小，東西很雜，有很多都是有年代的破爛，生銹的刀劍、被蟲吃鼠咬過的棍棒、更多的是居家過日子淘汰下來的廢棄物，各種瓶瓶罐罐、鹹菜罈子、壓麵的機器，總之你能想像到的東西這裡幾乎都有。

王小軍稀裡嘩啦地翻著，忽然眼睛一亮，從最裡面的犄角旮旯裡拽出一個落滿塵土的木人樁。

「幫忙！」王小軍招呼胡泰來。

兩人把木人樁搬了出來，這木樁子有一人高，底座是個大鐵盤，除了兩

隻樁手和兩隻樁腳，還有一根木樁是多出來斜在胸前的，就像是一個人長了三隻手。

這東西分量不輕，兩個人費了一番力氣才把它搬到前院，王小軍找了塊抹布擦了擦，木人樁上面泛著一股歷經悠久歲月的油光，黑黝黝地十分溫潤，竟像是金屬的光澤。

「鐵木！這竟是鐵木做的木人樁！」

胡泰來顯然是此中行家，平時肯定沒少跟木人樁打交道，此刻驚喜地叫起來。

「那是什麼？」王小軍隨口問。

「是一種成長期很長、質地非常堅硬的木頭，學名叫啥我也不知道，反正挺貴的。」胡泰來摸了摸樁身道，「你們鐵掌幫的木人樁挺特別的。」

王小軍往邊上扒拉了他一下道：「讓開點，我要練功了。」說著，一巴掌打在木人樁的胸前位置，發出「啪」的一聲。

胡泰來好奇道：「你練功？」

「沒工夫跟你廢話。」

王小軍這時心裡惦記的全是一天要打完九萬掌，這會兒都已經快下午了。

胡泰來只好噤聲，站在邊上看王小軍練。

在武林中，練功時大多都忌諱有旁人在一邊看的，胡泰來教徒弟時，王小軍就曾多次圍觀，胡泰來有時候想委婉地說他幾句，又想王小軍這種半吊子武林人士肯定是不明白這裡面的道理，說了反而顯得自己小氣，於是也就忘了這事兒，這會兒投桃報李，也就不避諱了。

其實他主要還是好奇，想看看王小軍到底出什麼么蛾子，王小軍能認認真真地練功，打死他也不信！

胡泰來看了一會兒，幽幽道：「小軍，其實一般我們說的打木人樁是指一種功法，而不是抽它嘴巴子……」

王小軍自己也是胡亂拍了幾巴掌之後才想起段青青的話——要用鐵掌三十式在木人樁上打才行。

想到這兒，王小軍雙腿微分，左掌翻個弧度在前，似乎在衡量自己和對手之間的距離，又像是在轉移對方的注意，右掌冷不丁擊出，結結實實地打在了木人樁上。

「哎喲？」胡泰來立即發出驚呼，瞬間就判斷出這一招跟剛才不同，是真正有學問的。

可是第二掌該怎麼打，王小軍就犯迷糊了——他再是半吊子也是從小就耳濡目染，三十招鐵掌的底子還是紮實的，可當初學的時候爺爺也沒按順序，往往是今天學一掌，過三五天再教一掌，學到十幾招的時候，偶爾翻回頭來複習前面的，所以這三十掌王小軍招招都會，可腦子裡沒有明顯的次序意識，剛才的第一掌正是爺爺教他的第一招，這第二掌該打什麼，一時還真不好決定。

胡泰來才剛看出來點意思，然後就見王小軍收了架勢，險些一口血噴出：「這就完啦？」

王小軍沉吟道：「你別說話，我心裡亂著呢。」

他腦子裡電光石火地一閃，從兜裡掏出那七頁紙來，那天他從抽屜下面翻出來的掌法圖，揉了兩天這會兒皺巴巴的，王小軍拿它出來，是因為他想起這圖上從第一掌到第三十掌是有明顯順序的！

「你這是要……現學？」

胡泰來本來不是個多嘴的人，這會兒實在是好奇得不行。

王小軍依舊是顧不上理他，找來一根竹竿子戳在木人樁邊上，用圖釘把七頁紙釘在竿子頭，照著上面的順序打完一張又翻一張，這樣他就可以不動腦子不停打下去了。

胡泰來不方便看紙上的圖，卻能清清楚楚看王小軍擺出的招式，這也是他第一次對鐵掌幫的鐵掌有個直觀的感受。

他能感覺到這些招式大都簡潔明瞭，使用者的雙掌基本鎖定假想敵的前胸進行攻擊，沒有很凌厲的殺招，比如鎖喉襲咽這類的必殺技法；另外，步伐變化也偏於單調，但他也隱隱感覺到了創始者的自信——我的手掌攻向你哪裡，哪裡就是你必救的地方，根本用不著襲擊要害。

王小軍按紙上的內容打了兩遍，到了第三遍，也就是六十八掌的時候，他已經覺得很累了。

本來王小軍興致勃勃，以為一天打夠九萬掌是單純的時間問題，沒想過這也是個體力問題，六十八掌打完，除了胳膊有些酸以外，主要還是手疼！如果是對著空氣揮掌可能還好一點，可是那木人樁堅硬似鐵，誰往鐵上拍六十多下也不好受啊。

王小軍決定暫時休息，他搓著通紅的手掌喃喃道：「一天九萬掌，我連千分之一都沒完成啊。」

胡泰來莫名其妙道：「什麼一天九萬掌？」

「就是一天的任務嘛。」王小軍再次鼓舞精神，馬上開始第二輪揮掌。屋裡仨老頭邊打牌邊往院子裡看著，李大爺道：「日頭打西邊出來了，這孫子受什麼刺激了？」

張大爺道：「又看武打片了吧？」

謝君君盯著手裡的牌道：「現在的年輕人哪還有什麼正經的武打片可看，這會兒的書和電影都是吃顆神獸的靈丹就天下無敵，你還指望他們對著木人樁練蛇形刁手呢？」

王大爺掃了他一眼道：「一樣的嘛，你們看的武俠書裡還不是各種靈芝吃完就增加一兩百年的功力，不勞而獲是人類普遍的理想嘛！」

王小軍打打停停，等到日頭真的偏西，老頭們都回家吃飯以後，他終於打滿了第一個比較完整的數字——一千掌。

唐思思睡眼惺忪地走出來，見了院子裡的狀況頓時完全清醒：「這是怎麼回事？」

王小軍正在往手掌上吹氣，他的掌心和掌緣部位都有地方破了皮，巴掌和手指都紅彤彤的。

胡泰來跟唐思思解釋說：「小軍說他一天之內要打夠九萬掌，連著打三天。」

「你瘋啦？」唐思思叫了起來。

王小軍又開始了，他發現揮掌一旦進行，手上的痛楚就會小一些，就像吃辣一樣，不停地吃感覺不會太明顯，只有停下來時才最難受。

唐思思坐在臺階上掏出手機按了一會兒，猛然抬頭道：「王小軍你別打了，你知道一天九萬掌是什麼概念嗎？」

王小軍一愣道：「什麼概念？」

唐思思看著手機道：「一天有廿四小時，一小時三千六百秒，一天是八萬六千四百秒，也就是說你每秒打一掌都打不夠！」

胡泰來也道：「我每天也只是揮拳五百下而已，你三天揮出的掌比我一年打出的拳還多，這是什麼練法？小軍啊，練武還是得一步一步來啊。」

王小軍道：「我不是沒算過，一天只有八萬多秒不假，可是一秒之內絕不止能打一掌，快一點的話，可以打個三四掌。」

他邊說邊打，一邊小聲給自己報數，「一二一一、一二二二、一二二三……」

胡泰來無語：「難道這就是你小師妹教你的武功？」

王小軍點頭，報著數：「一二三四、一二三五……」

胡泰來道：「說不定這只是她跟你開的玩笑呢？」

「不會的，我瞭解青青的為人。」王小軍繼續報數。

胡泰來無法，只得攤手道：「總之，我從沒見過這麼激進荒唐的練法，如果說你從根基打起，練個三年五年之後說不定還可行──」

胡泰來忽然道：「我明白了，你小師妹有三年的基本功在那兒，她也不是從第一天就蠻幹的啊！」

「既然小師妹能做到，我也一定能做到！」王小軍像中了邪一樣地執拗。

唐思思看不下去，拽著胡泰來袖子道：「你快去攔住他啊，他這樣打下去手掌會廢的。」

王小軍喘氣道：「沒用，你現在攔住我，等你們睡了，我對著牆也是一樣打。」

胡泰來也惴惴道：「小軍你到底吃啥藥了？我怎麼一直都不知道你還是個狠角色？」

「我是一個門派所有的未來！」

「說人話！」

「我瞧唐缺不順眼，我要揍他！」

唐思思小聲道：「他不是吃錯了藥，他是天蠍座——記仇！」

胡泰來抖摟著手道：「唐缺又不是木頭樁子，再說，你這樣打下去真的會把手掌打廢啊。」

王小軍不理任何人，繼續一掌掌向木人樁打去，到院子裡點燈的時候，他擊打木人樁的聲音已經有點像破西瓜和木板撞擊的聲音了，只見他手掌上的皮全都翻起，鮮血淋漓，看著慘不忍睹，唐思思臉色煞白，一句話也不說地陪著王小軍。

其實王小軍早就想停下來了，他每一掌揮出去帶來的痛苦，都是他這輩子從沒有感受過的，可以說他每一掌都達到了自己身體接受痛苦的臨界點，而每一掌又把這個臨界點提高。

當堪堪打夠一萬掌的時候，王小軍居然暗暗鬆了一口氣，他知道他已不能放棄，除非自己倒下，不然以前吃的苦就白吃了，打九萬掌固然沒有想的那麼容易，可好像也沒有那麼難……

到了深夜，唐思思有點堅持不住了，胡泰來把她勸回房間，安慰她自己會看著王小軍。

木人樁上血跡斑斑，王小軍眼睛比手掌還紅，一掌又一掌地拍出，他已經沒了剛開始說豪言壯語時的氣焰，不過胡泰來發現他也沒有油盡燈枯的徵兆，而像是一爐燒到中段的炭火，一息一息地釋放著熱量。

如果是普通人這會兒早該崩潰了，無論是身體上還是精神上，毫無疑問，王小軍以前在胡泰來眼裡正是這樣的普通人，可他依稀還能堅持得住，就好像揮動手掌雖然帶給了他痛苦，也以極微弱的速度和頻率給他輸送了精力。

胡泰來其實開始就不相信鐵掌幫裡全是碌碌之輩，他至今還清楚地記得師父跟他描述鐵掌幫的話：「鐵掌幫是天下最為剛強霸道的門派！」若沒有獨樹一幟的武功，又怎麼能成為最為剛強霸道的門派？

·第八章·

你惹錯人了

王小軍看著唐缺衝過來已經成竹在胸，他慢慢抬起手掌，不緊不慢道：「兄弟，你惹錯人了！」

「啪！」王小軍的手掌端端正正地擊中了唐缺的小腹，唐缺的身子如騰雲駕霧一般，從臺階下面直飛到門口！

天快要亮的時候，王小軍打夠了六萬掌！

他默不出聲地離開木人樁，找來藥粉和紗布把手掌嚴嚴實實地包起來，然後進自己屋子一頭倒在床上，對跟在身後的胡泰來哼哼了幾個字：「別跟了，睡覺去。」

「你是不是……想放棄了？」胡泰來也說不清自己的口氣是輕鬆還是失望，抑或是期待著什麼。

「青青說的一天……是廿四小時……」說完這句話的王小軍秒睡著了。

胡泰來替他關上門，輕輕退了出來。

第二天，胡泰來剛洗漱完畢，他的三個女徒弟也來了。

現在這四個師徒已經形成了一定的默契，胡泰來在一邊練拳，霹靂姐和藍毛還有陳靜就先蹲馬步。王小軍滿眼血絲地進了前院，女生們跟他打招呼他也不理，徑直來到木人樁前拍出一掌。

霹靂姐詫異道：「師叔也練功啊？」她們雖然和王小軍接觸時間不長，也知道這個「師叔」是不學「武術」的。

胡泰來示意她們不要打擾王小軍。

王小軍按著竹竿子上釘著的圖打了一遍，也就是三十掌，這是他昨天的心得——九萬除以三十就是三千，也就是說，按著圖上打三千遍就完成任務，而三千就比九萬這個數字聽上去少了很多，雖然是朝三暮四和暮四朝三的區別，王小軍這會兒也只有靠這樣來苦中作樂了。

霹靂姐們挪著腳步，自然而然地圍著王小軍紮馬步圍成一個圈，藍毛忍不住問道：「師叔這是什麼功夫？」

胡泰來正色道：「別派練功，你們回避！」

王小軍則無所謂道：「你想學呀，我教你啊。」

胡泰來小聲道：「你們的師叔這兒（他比了比腦袋）受了點刺激，你們誰也別招惹他！」

女徒弟們謹遵師命，全背過身去了。

唐思思一夜沒睡好，大清早起來就看見王小軍在那裡抽風，這回她什麼也沒說，一會兒端著飯鍋出來道：「今天中午我給你們做蛋炒飯。」

胡泰來興奮道：「徒弟們，你們今天可算是有口福了。」

霹靂姐嘿然道：「師父也太小氣了，吃個炒飯就算給我們打牙祭了啊？」

胡泰來笑道：「到時你嘗了就知道了！」

沒過多久，仨老頭和謝君君又在門口聚齊，老頭們見王小軍還在跟木頭椿子過不去，均是感到十分意外。

「真想當武林高手啊？」王大爺掃了他一眼進去了。

「動靜小點啊，我們還打牌呢。」李大爺也進去了。

張大爺看了一會兒女弟子們練功，這才依依不捨地進去了。

到唐思思宣布開飯的前一刻，王小軍把兩條胳膊往身邊一掛，一屁股坐在臺階上不動了。

胡泰來問：「你不練了？」

「第一天的任務完成了！」王小軍長長地喘了口氣道。

一股異香飄來，頓時引起了院子裡人們的注意。

王小軍扭頭衝屋裡道：「你們不是嫌我中午不管飯嗎？今天滿足你們一次。」

唐思思端著一盤盤的炒飯出來，老頭和三個女生頃刻都圍了上去，王小軍垂著兩隻手往人堆裡擠：「讓一讓讓一讓，讓勞動量最大的人先吃！」

唐思思朝胡泰來遞過來一個擔憂的神色，胡泰來小聲道：「沒事，還有耍嘴的力氣就說明他死不了。」

當唐思思把一盤炒飯遞給王小軍的時候，他沒有接也不做任何回應，直接就彎下腰去咬上面的飯粒，眾人馬上反應過來——王小軍的胳膊已經抬不起來了。

唐思思拍了王小軍額頭一把，含著淚用勺子一勺勺地餵他，霹靂姐們一邊狼吞虎嚥，一邊嘻嘻哈哈地說：「好甜蜜呀，原來師叔和思思姐才是一對。」

王小軍瞪眼道：「甜蜜個鬼，你們別惹我啊，再過四十八小時我就天下無敵了！」

吃飯的時候，王小軍一個勁催促唐思思加快進度，他大口小口地嚼著，腮幫子撐得溜圓。

老頭們對唐思思的手藝讚不絕口，王小軍含著一大口米飯，梗著脖子又站到了木人樁跟前。

張大爺衝他招手：「歇歇吧——這孫子魔怔了。」

王小軍雙臂雙手不住打顫，現在他每舉一次胳膊都要費很大的力氣，他開始以為一天打九萬掌是時間問題，後來發現還有精神問題，最後發現，歸根結底還是能力問題。

比如一匹馬一小時能跑二十公里，那麼理論上牠一天廿四小時可以跑四

百八十公里，可事實上沒有馬能堅持奔跑那麼長時間，現在王小軍就驚恐地發現自己光抬一次胳膊就需要一秒多，也就是說，理論時間都不夠打九萬掌的！他這一起急，胳膊抖得更厲害了。

這時李大爺吃完了午飯，晃著膀子道：「吃完了活動活動，一會兒繼續啊！」

王小軍無意中掃了眼，就發現李大爺兩條胳膊就像兩條繩子一樣垂直於身體兩旁，就是說他胳膊並沒有使勁，只是腰扭來扭去，其實這是一個爺爺奶奶們晨運時經常做的動作——把兩條胳膊形若無物地在胸前背後甩來甩去，靠的全是腰腹上的勁。

王小軍福至心靈，腰一扭，借著側身的慣性把右臂甩出去，肩膀一聳，右掌又像往常一樣揮出去了！就這樣憑著腰和肩膀的配合，進度居然又跟上了。

短短的時間內，大家就對王小軍的行為習以為常，開始各忙各的去了，只有唐思思仍舊坐在臺階上，托著下巴看著王小軍。

王小軍像個蟲子一樣扭著身體揮掌道：「思思你就別陪著我了，我已經打了十萬掌，你叫我現在放棄，以前吃的苦不是都白吃了嗎？這就像炒股票，五塊錢一股買的，現在雖然跌到一塊了，只要別拋，遲早能漲到五十！」

張大爺屁股像被針扎了一樣險些跳起來：「這是哪個龜孫子說炒股呢，出來打牌就為躲個清靜，還有人在我耳朵邊上說鬧心事，我那股票倒是跟你說的沾邊——一萬塊賠的就剩五十了！」

王小軍嘿然道：「您老那是放長線吊大魚。」

「放屁！我這個歲數還能放幾年長線？」張大爺氣得把自己要的一張條子給打了出去了，想往回拿，卻被王大爺搶先給吃走。

「你別理他！」李大爺一腳把門給踹上了。

王小軍見跟老頭們鬥不上嘴，微微偏頭又對霹靂姐說：「讓你們師父教點真功夫，蹲馬步在哪兒不能蹲，花錢上這兒蹲來？」

霹靂姐哈哈笑道：「我師父說了，不把基本功打紮實了，學什麼都白搭，再說，你怎麼知道我們沒學到真功夫？」

其實霹靂姐沒少纏著胡泰來要學招式，這會兒為了維護師門尊嚴，倒是把胡泰來平時說的那一套拿來應付王小軍了。

藍毛對霹靂姐道：「師姐，我看師叔真受刺激了，你就別跟他頂著幹了。」

王小軍忽又道：「陳靜，你們馬上考大考了還不趕緊複習啊，有句話叫

爭分奪秒，別小看這點時間，說不定就是第一志願和第二志願的區別呢。」

陳靜淡淡道：「我不複習也能考上第一志願。」

胡泰來捂著臉不說話，他知道王小軍不是想和誰抬槓，只是要移轉注意力罷了，類似掉在糞坑裡等人搭梯子救你的這段時間裡，跟坑邊上的人隨便閒聊，當年他和師兄弟們被師父罰蹲馬步時，相互間也是這種口氣。

就這樣，王小軍一邊說話一邊打木人樁，下午的時候他忽然安靜了。

王小軍照著圖打了將近四千遍，現在所有招式都已經倒背如流，他很想加快速度，可就是快不起來，主要原因是因為木人樁上橫出來的那根木頭——這根斜出來的木頭比兩邊正常的樁手要長出一大截，王小軍很多次想要擊到樁體上就得繞過它，他想變一下位置，可是因為掌法攻擊角度的問題，總也繞不過去。

在打了十多萬掌後，王小軍掌法出現了遲滯，讓他打著打著忽然勃然大怒，飛身而起，用腳踹在木人樁上，一邊破口大罵：「可惡，一個木頭樁子也跟老子作對！」一腳踹在樁子中間，身子被彈到地上，二話不說又飛踢上來，「老子跟你拼了！」

唐思思見狀，哭道：「王小軍你別打了，我跟唐缺走還不行嗎？」

「沒事，我就是發洩發洩。」

王小軍強自冷靜下來，默默地回到木人樁前。這次，每當他的手掌要繞開那根橫槓時，他就會想辦法調整一下姿勢，儘量減少無用功，居然也奏效了不少。

胡泰來看得三分驚悚七分好笑，這裡只有他明白，王小軍通過這一下，又離武盲遠了一步。

當年他的拳也是一招一招學的，可這只能叫學拳，還不能叫拳法，拳法是靠師父和師兄弟之間大量過招自己領悟出來的，這也是廣大武術盲對武術的一個最大不解之處——如果你的劍法是一刺一掃，那我憑什麼要配合你？你刺的時候我可能已經躲開了，也可能我覺得我比你還快，後發制人也刺出一招，那你劍法裡的掃豈不是沒用了？

事實證明，在實戰中確實是沒用的，只不過練武之人不可能只學過一套劍法，你躲開了，自然有別的招式再去克制你，也就是說，學武的人得懂得變通，就像老師只能把數學公式教給你一樣，因為再強大的題庫也不能囊括所有考題。

王小軍現在熟記了公式，自發地懂得變通，這完全是海量的機械練習造成的結果。如果他只是把鐵掌三十式每天練上個三五遍甚至三五十遍，短時間內不可能有這種成績。

下午的時候，王小軍無徵兆地停止了練習，背著手走了。

他這種想起一陣是一陣的行為幾乎把院子裡所有人都搞得神經質來，唐思思喊道：「王小軍你去哪？」

「我去換個帶鬆緊帶的褲子。」王小軍面無表情道。

「為啥要……」

唐思思問到一半忽然明白了，王小軍為了抓緊時間，雖然很少喝水，可畢竟還是有正常的排泄需要，鑒於他的胳膊和手已經成了這種德行，他自己解褲帶就變得十分困難，換個褲頭就能完美的解決這個困擾。

「飯，可以讓唐思思餵；尿，總不能讓別人來吧！」這時候王小軍滿腦子都是這句話，這是他的底限。

張大爺點上一根菸道：「咱們是從小看著他長大的，怎麼早沒看出來這孫子還是個神人啊？」

李大爺悠然道：「神不神的我不知道，這小子就是個典型的王家人——不是你不讓他幹什麼他非幹什麼，是你說啥不可能幹成，他就非幹成了給你看！」

王小軍從前一天中午一點一刻回到鐵掌幫開始，練到第二天中午十二點三刻，第一天的任務完成。

換了褲子後，練到凌晨四點，完成了第二天的九萬掌，搶救回將近七個小時的練功時間。之所以叫搶救，那是因為他必須得趕在唐缺出現之前練完第三天的任務，因為誰也不知道唐缺會在什麼時候出現，也許是早晨，也許是晚上。王小軍感覺時間緊迫，他給自己定了半個小時的奢侈睡眠時間。

躺在床上，他發現自己竟然沒有睡意！

兩隻手掌已經完全麻木，肉體上的疼痛現在已經不是他的最大困擾，兩個臂膀根麻癢難當，就像枯木發芽一樣，有異物感在往胳膊裡鑽。

在正常的情況下，他也知道像他這樣瘋狂的舉動會把肌肉拉傷、使骨骼變形，甚至會骨折骨裂，送去醫院搶救都不稀奇，然後再配上「糊塗少年瘋狂練功為哪般，雙臂齊斷悔之晚矣」的報導，可這一切都沒發生，他第一次隱隱覺察到了鐵掌的神秘力量！

睡不著索性不睡，王小軍再次來到木人樁前，站定步伐、腰腹發力、配

合肩膀，手掌快捷無比地「啪啪啪啪啪」擊在木人樁上。

此刻的木人樁不再像是對他冷嘲熱諷的敵人，而是一個在默默鼓勵他支持他的戰友，雖然九萬掌依然看似遙遙無期，但他知道最難熬的時光已經過去，他的身體依然難受，但他看到了勝利的曙光，他的精神隨著一掌掌揮出漸漸亢奮起來！

胡泰來這兩天反而有點疲乏，他早晨一睜眼已經八點多了，帶著強烈的自責和愧疚來到前院時，見王小軍的雙掌上下翻飛，化作一團虛影瘋狂擊打在木人樁上。如果這時有計數器的話，那數字一定是穩定快速地攀升，就像短跑用的碼錶那樣。

胡泰來張大了嘴，強自鎮定，換了盡可能平常的口氣問道：

「多少掌了？」

「快兩萬了！」

王小軍專心致志不敢走神，那是因為他得跟上飛速變化的數字，木人樁被他打的以一種很舒服的頻率微微顫動。

不多時，女徒弟們報到，唐思思起床，老頭們和謝君君來上班，一切都像昨天早晨一樣。

霹靂姐有意無意地看了王小軍一眼，笑嘻嘻道：「師叔，你開外掛啦？」她看出王小軍和昨天的狀態不可同日而語。

藍毛自作聰明道：「不是開外掛，是師叔學聰明了，你看他昨天玩命跟木人樁過不去，今天學乖了，手就在上面輕輕一摸就算完，當然變快了。」

「閉嘴，練功！」胡泰來呵斥她。

陳靜在三人裡向來沒什麼存在感，每回來都不用胡泰來叮囑，自己就做起蹲馬步、練起手式，完全是那種不用老師囑咐，自己就會去定期複習和事先預習的好學生。

藍毛始終看不慣她，用譏諷的口氣道：「二師姐，你怎麼在哪兒都是那副逆來順受的樣子啊？你這樣就算學了功夫，也不會去行俠仗義吧？」

陳靜只是微笑。

胡泰來道：「行什麼俠？我師父說了，世間那麼多不平事你管得過來嗎？」隨即他臉微微一紅道：「當然，你師父在這點上做得不好，還是太衝動啊——就憑你們這兩下子，連衝動的資格都沒有！」

霹靂姐和藍毛嘿嘿而笑。

胡泰來沉吟了一會兒道：「今天開始教你們點基本的防身術吧。」

「真的？」這下連陳靜也興奮起來。

「不過回去以後得勤加練習。」

三個小女生使勁點頭。

王小軍今天沒有跟任何人搭話，他還是在趕時間！

如果唐缺現在就出現也不算違約，王小軍並不想打無把握之仗，雖然就算打夠九萬掌也未必管用，但他已經對鐵掌幫的規矩有了一定的信賴和尊敬。

到了中午吃飯時間，王小軍終於打夠了六萬掌，心裡這才稍稍有點踏實，匆匆讓唐思思餵了幾口飯之後繼續練習，他已開始向勝利衝刺！

可惜天不遂人願，王小軍剛站到木人樁前打了四十分鐘，有人大步從門口走進道：「這裡就是鐵掌幫嗎？」

胡泰來和唐思思心裡一提，扭臉卻發現這個人誰也不認識。

來人二十五六歲，穿了一身很浮誇但一看就價值不菲的bling bling的閃亮衣服，雖然是個男人，一雙桃花眼卻比女孩子還好看，顯得有點英氣不足，不過瑕不掩瑜，從他手裡拿著的寶馬車鑰匙可以確定這是個富二代。

王小軍顧不上說話，胡泰來只好上前一步道：「你有什麼事嗎？」

桃花眼道：「哪位是幫主？」

「幫主不在。」胡泰來一指王小軍道，「這是在場的唯一的鐵掌幫的人，不過他暫時沒時間和你說話。」

桃花眼壓根不理胡泰來，一個箭步衝到王小軍面前道：「幫主呢？我要拜師學藝！」

「呃——你等會兒行嗎？」王小軍馬上就又要完成一個一萬的數字了。沒想到桃花眼一把抱住木人樁道：「不行！在哪裡跌倒就在哪裡爬起來，我今天非見到幫主，拜他為師不可！」

王小軍險些一掌拍在他背上，好在他這會勉強也有點掌控力了，趕緊撤掌後崩潰道：「你找死啊？」

桃花眼像無尾熊一樣攀在木樁子上道：「我不管，我就要見幫主！」

「你到底怎麼回事啊？」王小軍問。

桃花眼道：「我叫劉易凡，是薇薇的準男朋友！」

王小軍焦躁道：「你說的我一個也不認識——我說你先下來行嗎，那又不是鋼管！」

劉易凡這才收回掛在木人樁上的一條腿，但是怕王小軍不理他，仍然擋在前面，他說：「那齊飛你認識吧？」

「呃，只能說認識時間不長。」

「那他是你們鐵掌幫的人，你不能否認吧？」

王小軍嘿然道：「還真不是！」

劉易凡哼了一聲道：「不管，總之他在鐵掌幫學過功夫我是知道的！薇薇是為了這個才沒選擇我的。」

王小軍道：「哦，你就是那個報了案的富二代吧？」

幾句話一說，王小軍也就大致心裡有數了，齊飛為了報復跟自己搶女朋友的富二代，把人家家裡汽修廠的車都印上了手掌印，富二代這是找麻煩來了。

沒想到這句話可戳了劉易凡的心窩，他憤憤道：「我不該報案嗎？薇薇憑什麼說我沒有男人氣概？好，那我就有氣概一次給她看！報的案我可以消了，損失的錢我也可以不要，我也到你們鐵掌幫來學功夫，看到最後誰能打得過誰！」

王小軍抖摟著手道：「這叫什麼破事兒啊？」

唐思思冷靜道：「那個劉易凡，你說你是薇薇的『準』男友是什麼意思啊？」

劉易凡尷尬道：「就是我差點成了她男朋友！」

王小軍道：「所以還是你破壞薇薇和齊飛的關係在前嘛？」

劉易凡怒道：「呸，齊飛也不是薇薇的男朋友啊，薇薇始終是自由的！」

王小軍更崩潰了：「原來這妞誰的也不是，你倆就為爭風吃醋就打出腦漿子來了？」

劉易凡道：「我哪點不比齊飛強？我又有錢又帥，只要我再學一點功夫打敗他，薇薇就鐵定是我的！」

現在事情終於真相大白，人家姑娘壓根沒打算跟這倆人中的任何一個有關係，是這倆男的自己先打起來了。

齊飛也是個小心眼，性質跟打人玻璃是一樣的；至於劉易凡，人家女生可能是隨口一句敷衍他的話他就當了真，居然異想天開跑來鐵掌幫要學功夫挽回面子。

王小軍耐著性子道：「關於你這個情況，一是我們幫主不在，在也肯定不能收你；二是這事我們不管，你該想什麼辦法想什麼辦法，齊飛跟我們鐵掌幫也沒關係，我話說明白了嗎？」

劉易凡：「說明白了。」

「那你能讓開了嗎？」

劉易凡堅決道：「不能！收不收我你說了又不算，我今天必須見到幫主！要不你先給我透個底兒——在你們這學功夫得花多少錢？一個月十萬夠嗎？」

張大爺一個箭步衝到窗邊道：「小軍，你就收了他吧，一個月十萬塊呢！」

王小軍苦笑道：「這不是錢的事，我們鐵掌幫不收人！」

劉易凡二話不說又攀上了椅子，態度決絕道：「不收不行啊！」

面對這種情況，王小軍算是徹底懵了。

以前鐵掌幫的大門常年打開，從沒有一個人來問詢拜師的事，更別說這種「慕名前來」的了。王小軍也不知道該拿他怎麼辦，收他不可能，打出去不合適，這又是個油鹽不進的主兒，一看就是從小要星星不給月亮被慣壞了，別看二十多歲，心理年紀恐怕最多十三。

王小軍眼睛左右一掃，忽然攬著劉易凡肩膀指著胡泰來道：「誒，要不你拜他為師吧，這是黑虎門的胡泰來胡大俠，他的功夫我親眼見過，『猴犀利』的喲！」

胡泰來愕然：「嗨，怎麼還帶移禍江東的？」

霹靂姐和藍毛這會兒看著劉易凡早就笑得樂不可支了，霹靂姐咯咯笑道：「他說的是真的，我師父可是能一拳打死藏獒的！」

藍毛也笑道：「來不來啊帥哥，我也好添個師弟。」

王小軍又在劉易凡耳邊小聲道：「看，他們門派裡還全是妹子，我們鐵掌幫清湯掛水，就我一個，你總不能拜我為師吧？」

劉易凡似乎還真是被說動了心，從場面上看，胡泰來器宇軒昂，三個女徒弟英姿颯爽，王小軍這會兒賣相屬實欠恭維，滿眼血絲、胳膊耷拉著，手上還纏著髒兮兮的繃帶，讓人聯想起那種愛惹是生非的不良幫派少年來。

胡泰來見劉易凡盯著自己看，著慌道：「我可不是輕易收徒弟的人，再說，你這種學武的初衷我可不要你！」

「這樣吧——」王小軍總算是半拽半騙讓劉易凡離開了木人樁，他說，「要不你再考慮考慮，那個我就不送了。」

「你這是想轟我走啊？」劉易凡又作勢要往木人樁上撲。

王小軍忙道：「不轟不轟，你要想待著就待著，正好也觀察觀察，最終選擇誰由你決定。」

劉易凡一屁股坐在臺階上，似乎真的打算留下來看看。

王小軍再也顧不上理他，飛撲到木人樁前繼續開打。

午後的陽光照得人昏昏欲睡，劉易凡漸漸昏沉起來，單調的事物確實容易讓人發睏，王小軍在單調地擊打木頭樁子，胡泰來在單調地指導徒弟們紮馬步，老頭們在單調地打麻將，那劈裡啪啦的聲音更像是催眠曲。劉易凡看著看著，把頭埋在腿上居然結結實實地睡了一覺。

也不知睡了多久，太陽都已經偏西了，劉易凡擦擦口水，打算離開了。就在這時，唐缺緩緩走了進來，他手裡提著包，眼神犀利地環視了一下院子裡的人，唐思思失神地站了起來。

「走吧。」唐缺冷冷地對唐思思蹦出兩個字。

王小軍暫停了動作，衝唐缺揚了下下巴：「你來了？」

唐缺淡淡道：「看來你的師長師兄一個也沒來，說明他們有自知之明。」

王小軍擦著汗道：「等我一會兒行嗎？」

「等什麼？」

王小軍不好意思道：「還差一千多掌我就練好了，練好了我再跟你打。」

「你跟我打？」唐缺一時沒明白王小軍的意思。

王小軍道：「這三天我一直在練功，還有一千多掌我就畢業了。你要不想等，我就湊合著跟你打。」

唐缺臉上浮現出一層慍惱之色，哼了一聲道：「胡攪蠻纏！」他轉向唐思思道，「三妹，你想這樣拖延時間嗎？」

唐思思鼓起勇氣道：「如果你贏了他，我絕對不再廢話。」

「好！我等著！」唐缺把包放在腳邊，眼睛裡全是不屑。

霹靂姐不知這其中的利害，興奮道：「又有好戲看了？」

劉易凡停下腳步，他感覺到這幾個人之間看似平靜的對話下潛伏著巨大波瀾，洋溢著一股你死我活的壓迫感，就算離開也得看了輸贏再說。

王小軍沒再多說，加快速度在木人樁上打著，還不忘定時向唐缺報數：

「還有九百掌了。」

「剩八百掌，稍等啊。」

「最後五百掌，不好意思了。」

「你別站著了，老胡給搬個凳子……」

王小軍堪堪打完最後一掌的時候卻無人為他慶祝，大家都被唐缺的威勢所逼，擔心王小軍能不能妥善收場。

王小軍活動著有些發酸的手臂道：「老胡，咱們先把木人樁搬到邊上。」

「我來我來。」劉易凡為了看好戲，自發地代替了王小軍。

屋裡的仨老頭和謝君君也被吸引了出來，在屋簷下站了一溜。

王大爺道：「鐵掌幫最近人緣不怎麼好啊，老有人來踢場子。」

張大爺道：「這得算好事啊，大醫院總免不了有醫療糾紛，永遠不出事的那是沒買賣！」

跟胡泰來大致瞭解了情況的李大爺道：「這次不是踢場子，這是姓唐的那個丫頭的堂兄，來抓她回去跟人結婚的。」

「這都什麼年代了啊。」謝君君嘀咕著。

唐缺喝道：「唐門做事，旁人退避！」

王大爺道：「你看你這個後生，你做你的事，我們看我們的熱鬧，你吼什麼？」

張大爺幫腔道：「就是，再說還是我們先來的，我們也沒說你們妨礙我們打牌，讓你們外邊打去啊。」

唐缺鐵青著個臉不說話了，唐門樹大招風，固然有不少敵人，那些敵人在動手前有的戰戰兢兢，有的壯懷激烈，可從沒有像今天這樣七嘴八舌，居然還指責他自私自利，不給大家圍觀的機會。

對此，他只好裝作聽不到的樣子，冷冷問王小軍：「你打算怎麼打？」

王小軍道：「當然是用我們鐵掌幫的掌法，別的我又不會——咱們說好了，如果你要輸了，可不許再糾纏思思。」

「好。」唐缺面部肌肉抖了一下，就像聽到了最荒誕的事情不屑多說。

「那我可要打你了啊。」

不等王小軍再說什麼，唐缺直接一把蜂毒針激射了出去。

王小軍是什麼成色他心裡有數，他不想和他糾纏，落下亂打不會功夫的人的話柄，他的目的是把對方釘在原地苦苦哀求，他再帶著唐思思揚長而去！唐門威信餘額不足，他得做些事情立威！

那幾十根蜂毒針在王小軍眼裡卻格外浮誇，雖然都是細小而快速的暗器，但王小軍這三天裡絕大部分時間身體都在不停運動，敏捷性已經和從前不可同日而語，而且這段時間裡，他打的都是紋絲不動的木樁子，現在一有會快速移動的物體就會引起他的自然反應。

從來沒有人教過王小軍該怎樣躲避暗器，在電光火石的一剎那，王小軍

忽然想起了齊飛，他雙掌向上一撩，那些蜂毒針就全部被送上了天。

唐思思叫道：「大家小心！」

銀針過了很久才四散落下，叮叮響著，那些銀針帶著寒光撲簌簌從天而降，像下了一陣細雨，聲音悅耳，場景卻十分肅殺，眾人這才明白唐思思要大家小心什麼，顧不得欣賞美景，哧溜哧溜全鑽進兩邊的屋子去了。

劉易凡躲在東廂房裡興奮得大叫：「哇，太酷了！」

對王小軍的表現，唐缺頗感意外，在場的人裡，他對胡泰來印象比較深，也清楚胡泰來是外家拳高手，若說在這個黃金距離應付他的暗器絕對也很困難，沒想到王小軍居然照貓畫虎，學著齊飛的樣子來了這麼一招。

「現學現賣？」

唐缺嘴角微微揚了一下，露出一絲冷笑。隨即是接二連三的銀針打出——正手、反手、梅花手，打出去的銀針陣形變化多端，有三前兩後、兩前三後、八卦陣、狂蜂陣，他這邊打得花樣百出，王小軍反正只會一招，兩隻手左一撩右一撩，像在跳舞一樣，那些分次帶著各種暗勁的銀針就像被抽水馬桶抽走一樣，全上了天。

唐門以暗器著稱，唐缺頻頻出手卻沒有得逞，臉上罩了一層寒霜，索性站定原地，暗器澆花一樣潑出去，王小軍是一招鮮吃遍天，只要挨不了打，他才不顧動作好不好看。

不過王小軍的困擾也不小，一是不能永遠保證滴水不漏，主要還是怕天上掉下來的針扎著腦袋，他邊擋暗器邊崩潰道：「思思，你們唐家人怎麼都跟哆啦A夢一樣啊？」

都好幾分鐘了，唐缺的銀針還是無窮無盡，而且看樣子這才是冰山一角，他扔暗器的手法暫不評論，藏暗器的手法絕對是一流。

胡泰來沉聲道：「小軍，不能一味挨打，你得主動出擊！」

唐缺仰天冷笑一聲：「好一個主動出擊！我成了被人到處趕的叫花子了！」

他猛然躥向王小軍，陰冷道：「讓我看看你這三天練功的結果！」說著，單手呈爪型抓向王小軍的胳膊。

他不明白為什麼王小軍對他的暗器免疫，三天前王小軍被他抓小雞一樣抓在半空卻是記憶猶新。

「嘶——」胡泰來倒吸了一口冷氣，他領教過唐缺的擒拿手，卻不知道王小軍到底練到了什麼程度。

在王小軍眼裡，唐缺的那隻手格外突兀，他這三天打了二十七萬掌，對他造成最大困惑的不是體力問題，而是那根橫出來的樁手，為了盡可能繞開那隻樁手，他用盡了辦法，最終的十幾萬掌都是以各種角度避開它打的，現在唐缺的手在他眼裡就像那根樁手一樣，而樁手之後，就是唐缺毫無防備的空門！

王小軍看著唐缺衝過來已經成竹在胸，他慢慢抬起手掌，不緊不慢道：「兄弟，你惹錯人了！」

「啪！」王小軍的手掌端端正正地擊中了唐缺的小腹，唐缺的身子如騰雲駕霧一般，從臺階下面直飛到門口！

這一掌能打中唐缺，王小軍並不意外，意外的是居然打了這麼遠……他茫然地看著自己的手掌，錯愕道：「咦？」

·第九章·

大象怕老鼠

屋裡的張大爺感慨道：「動物棋裡有個高深的道理——獅子怕大象，大象怕老鼠，這叫一物降一物。」

霹靂姐聞言不悅道：「老……大爺，你把話說清楚了，誰是老鼠？」

張大爺道：「你是貓，那小子是老鼠，行了吧？」

「噗通！」唐缺跌在地磚上，一隻手肘撞得鮮血淋漓。他是仰面朝天摔在地上的，這時想翻身而起，不料掙扎了一下又躺倒了。

「我沒使勁……思思，你快看看你大哥怎麼樣了？」王小軍失措地說。

「我……殺了你！」

唐缺不等任何人靠近，手在腰間一摸，一把銀針已經滑向指尖，他本想揚手打出，然而稍一用力就覺腹中翻湧，「哇」的一口，雜物噴了出來。

王小軍探頭看了一眼，急忙捂著鼻子道：「還好不是血。」

李大爺隔著玻璃道：「這孩子一招就讓人打吐啦？」

唐缺不但吐了，還很狼狽，他的胳膊肘在地上撞得稀爛，一隻手像雞爪子似的蜷縮顫抖著。

「哦耶！我師父贏了！」

喊這句話的人從東廂房手舞足蹈地撲出來，卻是劉易凡。

胡泰來震驚地看著這一幕，二十年持之以恆的苦練讓他對人生充滿泰然和坦蕩，他明白王小軍這三天受的罪可能不比他這二十年少，他由衷地為王小軍高興，當然，多少還是有一點悃然，潛意識裡也會想，如果這二十年的苦功都在鐵掌幫度過，自己也許會比現在強不是一個檔次。

唐思思走到離唐缺十來步的距離停下，憂心道：「大哥……你沒事吧？」

如果說胡泰來的震驚指數是一的話，那麼唐缺的震驚指數保守估計至少在一千以上。

三天前，王小軍在他眼裡就是個弱雞，甚至連「手無縛雞之力」都算不上，他根本沒把他當對手，現在，他倒成了弱雞，王小軍依然和他不是同類，兩個人之間的位置就像坐蹺蹺板一樣，忽然一下就變了，其中沒有任何精彩的搏殺和比拼，他甚至懷疑王小軍那天是故意逗他，只為了此時此刻來噁心他，但他很快就否定了這個猜測，他看見王小軍的胳膊上還殘留著自己那天留下的淡淡痕跡。

唐缺躺在地上，腦子裡一片空白，甚至想不出一句找回場面的話，也沒心思去想，類似「一年後我再來找你」「十年後我再來找你」之類這種死撐的狠話他都沒底氣說，他得先想明白這三天到底發生了什麼，他真的需要好好的思考一下人生。

唐缺踉蹌著從地上爬起來，沒有再看王小軍一眼，他見唐思思對自己還有戒備之心，不禁慘然一笑，臉色煞白，冷冷道：「放心，唐家人不會食

言，我輸了就是輸了，我今天就會離開本地。」

看著地上的唐缺，王小軍發現自己居然沒有像想像中的那麼激動，這三天以來，他一直在幻想這一刻，到頭來卻是平平淡淡，原因很簡單，付出太多以後稍許的回報能讓人欣慰，卻不能讓人驚喜。

這三天的艱辛程度如何，只有王小軍自己心裡清楚，別人雖然也見證了，但畢竟不是感同身受，就像以旁觀的角度看馬拉松選手，心裡想不就是堅持一下就好了嗎？其實絕大部分人很難做到。

王小軍這個人，某種時候固然沒有看上去那麼憊懶，也沒有像睚眥必報的偏執狂那樣變態，他學武功的初衷很簡單，一是想找唐缺報仇，第二點才是最主要的——因為家裡有現成的武功可學。

王小軍其實是個懶人，懶到如果不是知道鐵掌幫的秘密，他絕對會立刻想別的辦法解決這事；又如果他不是鐵掌幫的第四順位繼承人，他依然不會通過這種途徑幫唐思思——就算鐵掌幫在他家隔壁也不行。

他之所以能堅持下來，正像他說的那樣，打完十萬掌的時候如果放棄，那就是放棄了十萬掌的辛苦，十萬掌的辛苦對一個懶人來說可是必須要珍惜的。打完二十萬掌的時候想想後面只剩下七萬掌了，是個人都會再堅持一下。

對於唐缺，王小軍確實不喜歡這個人，但還談不上仇恨，就算有仇也是一箭之仇，現在報了，也就懶得恨了。於是王小軍道：「吃了飯再走吧。」

「噗——」唐缺又吐了一口，這回是血，被氣的。

王小軍這才反應過來，他把人家的早點午飯都打出來了，這時候再提吃飯實在太不應該了。

「呃……當我沒說。」

唐缺微微顫抖著提起旅行包，轉身走到門口，他的眼神空洞，不和任何人有交集，淡淡道：「三妹，就算你不惜和家族決裂，這婚你依然要結，我說了，唐家人不會食言，你的婚事是爺爺親口答應過對方的，我輸了不代表唐門輸了，你這是在給別人找麻煩。」

唐思思臉色變了變。

「我們不怕麻煩！」

說這話的人大步從外面走進來，夕陽照在她俏生生的臉上有種別樣的耀眼神采。正是段青青。

唐缺靜靜道：「你是什麼人？」

他同樣沒有去看段青青一眼，他向來目中無人，只不過這次目中無人是因為他現在輕得像羽毛一樣，任何人的眼神都能把他戳一個跟頭，這也是他最後的驕傲。

「我是鐵掌幫的人，歡迎你們唐門隨時來打！」

唐缺默不作聲地繼續向前，和她擦肩而過走了出去，自始至終再也沒有回頭。

王小軍詫異道：「青青，你怎麼來了？」

段青青沒好氣道：「我已經來了一會兒了，大師兄給我打電話，我才知道你居然跟人約了場子，沒想到啊王小軍，你現在膽子大啦！」

屋裡的老頭們見好戲散場，女魔頭出現，急忙關門關窗，打無聲麻將……

王小軍陪笑道：「這不是師妹指點得好嗎？」

段青青抱著肩膀道：「打跑個三流小腳色看你那得意樣！」

王小軍冤枉道：「我哪有？」他環視眾人問：「我有嗎？」

段青青掃了一眼他手上滿是血跡的紗布，終於有了一絲微笑道：「不過衝你這三天的表現，喊你一聲二師兄也算勉強不丟人。」

王小軍撇嘴道：「每次你喊我二師兄都是為了讓我回高老莊吧？我就納

悶了，這麼多年就這一個梗你居然玩不膩。」

藍毛疑惑道：「回高老莊是什麼梗？」

陳靜道：「二師兄是豬八戒。」

藍毛愣了好一會兒才狂笑起來。

霹靂姐癡癡地看著王小軍喃喃道：「師叔，你好厲害呀！」

陳靜和藍毛沒經驗，只有霹靂姐明白要把一個人打飛十多米需要多高的戰鬥力，而且還是用纏了紗布的手掌——當年她參加過一個散打隊，教練是全國散打亞軍，以一腳能把人踹出去三米遠而聞名。

他們在這聊著，沒防備現場還有一個人——劉易凡一個箭步衝到王小軍面前抓住他的胳膊狂搖著：「師父！我剛才錯了，師父，我不找幫主了，我就認你做師父！」

王小軍慌忙抬手抽走胳膊：「去去，小心傷著你！」

段青青皺眉道：「這又是什麼鬼？」

劉易凡討好道：「我不是鬼，我是『誠信』汽修廠的少東家，也兼賣二手車，這是我的名片，聽稱呼你是我師父的師妹，那就是我的師姑，你買車我給你打八折。」

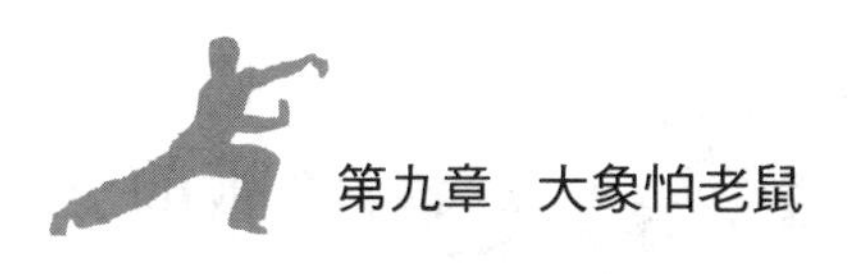

胡泰來道：「按武林上的規矩，你師父的師妹你也得叫師叔，師姑是庵裡的尼姑。」

段青青伸出一根指頭戳在劉易凡的肩窩上，使他和自己保持距離，皺眉道：「王小軍，你怎麼盡招惹些牛鬼蛇神上門？」末了她衝胡泰來道：「不是說你啊老胡。」

王小軍攤手道：「這真不怪我！」

劉易凡顯然只對王小軍一個人感興趣，他轉身興奮道：「我師父剛才真是大顯神威啊，一掌就把那人打趴下了，尤其是那句——『兄弟，你惹錯人了』，實在是太帥了！哈哈哈哈。」

王小軍無語道：「兄弟，你找錯人了，我不收徒弟，而且你看著比我還大呢。」

「能者為師嘛，這樣吧師父，你收了我，我先給你交十萬學費！」

段青青冷冷道：「我給你二十萬，你現在就滾行嗎？」

劉易凡委屈道：「別這樣嘛，我是誠心的。」

「我看你是成心搗亂！」

劉易凡眼瞅眾人都對他沒什麼好感，突然飛身抱住了木人樁，高聲道：

「你不答應收我，我就不走！」把段青青氣得直擼袖子。

你說劉易凡撒潑放賴也好，胡攪蠻纏也罷，不得不說他這招對一群講武林規則的人來說是管用的，因為他們誰也不能真把他怎麼樣，王小軍是沒什麼心理包袱，可也冷不下臉來這麼對待一個「粉絲」。

這時，就見陳靜趴在霹靂姐耳邊說了句什麼，霹靂姐愣了一下之後，便笑咪咪地來到劉易凡跟前道：「帥哥，我師父和我師叔不揍你，可不代表我也不揍你，你再這樣，我對你不客氣了啊。」

劉易凡見是個女人，不屑道：「你能怎麼不客氣？」

霹靂姐冷不丁對空擊出兩拳，發出「嗖嗖」兩聲，她的拳頭距離劉易凡的鼻樑只有不到兩公分，劉易凡急忙狼狽逃到門口，仍衝王小軍喊道：「師父，你仔細考慮一下，我真的是誠心的！」

霹靂姐再衝他一揮拳頭，劉易凡哧溜一下跑沒影了。

王小軍擦了把頭上的冷汗道：「好傢伙，要不是知道他為了妞才來的，我都以為他看上我了。」

段青青看看陳靜，笑嘻嘻道：「小丫頭腦子挺靈的呀，還知道迂迴處理問題。」剛才陳靜的小動作顯然沒逃過她的眼睛。

藍毛也好奇地問霹靂姐：「剛才她跟你說什麼了？」

霹靂姐道：「無非就是我剛才說的嘛，大家不好意思動手，那壞人就由我來當嘍。」

藍毛瞅著陳靜道：「你怎麼不自己去？」

陳靜微笑道：「我這兩下子怕是嚇不走他。」

這時，屋裡的張大爺感慨道：「動物棋裡有個高深的道理——獅子怕大象，大象怕老鼠，這叫一物降一物。」

霹靂姐聞言不悅道：「老……大爺，你把話說清楚了，誰是老鼠？」

張大爺道：「你是貓，那小子是老鼠，行了吧？」

其實在段青青面前，老頭們都是老鼠，他們很快就全撤了。胡泰來也給女徒弟們放了學。

段青青見唐思思悶悶不樂，過去摟著她道：「思思別怕，我們鐵掌幫不惹是生非，可也不能讓人欺負了我們的朋友。何況他們沒理，總之還是那句話，歡迎他們隨時來戰。」

唐思思憂慮道：「可是唐缺是唐門裡武功最弱的一個……」

「沒事！」段青青道，「王小軍也是我們鐵掌幫裡最弱的一個，他不行了，自然我上。」

王小軍鬱悶地把腦袋擱在桌上道：「就知道你沒好話。」

段青青又看看胡泰來道：「你的徒弟們教得不錯呀。」

霹靂姐的身手顯然跟以往有了質的不同，最主要的，她們的心氣已經沉了下來，再也不是以前的小太妹了。

胡泰來憨厚一笑道：「又讓段小姐見笑了。」

段青青這才瞪著王小軍道：「大師兄打電話特意囑咐我不許教你功夫，這是怎麼回事？你們是不是有事瞞著我？」

「沒有呀——」王小軍假裝無辜道，「咱幫裡的事你知道的比我多啊。」

段青青忽然換了個話題，狡黠道：「二師兄，鐵掌幫的幫規，弟子不得與人動手，這條你可是違反了，若是給師父和師叔知道了，你的下場會很慘吧？」

王小軍傻眼道：「喂，要不是我對付唐缺，那就是你的事，我可是替你扛的，再說你也說過，人家都欺負到我們頭上了，難道我們坐以待斃？」

段青青道：「我是說過，可說和做是兩碼事，動手的畢竟是你。」

王小軍鬱悶道：「這我跟誰說理去呀？」

唐思思忍不住道：「青青，小軍是為了我才出手的，你們幫主要罰他，我去和他說——再說，幫主不就是他爺爺嗎？難道真的會懲罰親孫子？」

胡泰來嘿然，這一點他可是有親身體會，國有國法家有家規，他一直是師父最得意的弟子，有一次因為無意中犯了小錯，居然被師父勒令三個月不許進院子，那三個月他都是睡在門口，師父指點師兄弟們的功夫雖然也不趕他走，但也沒搭理他一下，他在門口吃住練功，三個月下來人都餿了。鐵掌幫幫規絕不會寬鬆到哪裡去。

段青青道：「好了，我跟他開玩笑的，我就試試他是不是有事瞞著我。」她掏出一張卡遞向唐思思道，「思思，這裡有十萬塊，你抽時間去找虎鶴蛇形拳的人，把你的東西換回來吧，我想他們不會把事情做絕，應該會還你的。」

唐思思堅決道：「這錢我不能要。」

「怎麼，跟我還說這個？」段青青不悅道。

唐思思低著頭道：「如果我想要回胸針，我會自己想辦法，其實……我還沒想好有沒有這個必要了。」

胡泰來道：「我知道你現在最擔心的不是怕唐門再派人來抓你，你是在猶豫到底要不要和家族決裂。」

唐思思意外地抬頭看了他一眼，小聲道：「想不到你還挺細心的。」

胡泰來感慨地道：「如果我拗了師父的意思，他派師兄弟滿世界找我算帳，我至少知道他還惦記著我，可有一天他就當沒有我這個徒弟了，那我絕對傻眼。」

「兩碼事。」王小軍道，「你師父揍你，可能是因為你占了人家妞的便宜，思思她爺爺可是已經說好要把思思嫁給糟老頭子，這樣的家庭，我看也沒必要回去了。」

唐思思道：「你怎麼知道是糟老頭子？」

「那還用問，要是宋仲基那樣的你會跑？」

唐思思道：「那人我沒見過不假，不過據說年紀不大，我是因為家裡沒跟我商量就決定才跑出來的，再有……我要是不回去，我父母在唐家就更抬不起頭來了。」

段青青嘆氣道：「當女人真難啊。」

王小軍道：「你快走吧，你一個白富美又不擔心以後有家暴，跟著瞎感慨什麼呀？」

段青青瞪了王小軍一眼，起身道：「總之，思思你有什麼難處就來找我，我走了！」

王小軍把她送到門口，看著她上了車，把纏著紗布的手趴在車窗上笑嘻嘻道：「師妹，送佛送上天，現在我第一重境練完了，第二重要怎麼練呀？」

段青青輕笑道：「你是二師兄，那大師兄的話，我該不該聽呢？」

王小軍一愣，隨即道：「你是你他是他嘛，大師兄被官僚主義作風吹昏了頭，咱們江湖兒女要跟他劃清界限。」

段青青正色道：「第二重境，就是不停地練習。」

「行了，你走吧。」

王小軍直起腰揮手，他知道要麼是爺爺他們騙了小師妹，要麼是小師妹想騙自己，好在他也不是真的想知道，他只是好奇而已。

王小軍回去後，發現唐思思還在出神，胡泰來笨嘴拙腮不知道該怎麼安慰她，見王小軍來了，馬上發來一個求救的眼神。

「思思啊，你以後有什麼打算？」王小軍背著手，坐在她面前問。

唐思思脫口而出道：「我想學做菜。」

胡泰來和王小軍驚悚地對視了一眼，唐思思做的暗黑料理，他們還記憶猶新。

王小軍小心道：「你一個唐門大小姐真的要去做廚子？」

「是食神！」唐思思道，「我要做一個能用食物安慰全世界的人。」

「這是第三次世界大戰要開打呀……」王小軍小聲嘀咕。

胡泰來道：「你為什麼會這麼想呢？」

唐思思表情平靜道：「小時候，家裡都嫌棄我是個女孩，沒人願意理我，只有在姥姥那裡才是我最快樂的日子，她會做各種好吃的給我——」

唐思思陶醉在往事道：「姥姥做的東西實在是太好吃了，它們能讓我忘了一切不開心！」

王小軍摸了一把胳膊上的雞皮疙瘩道：「你能別用這種電視腔說話嗎？明明就是個吃貨。」

胡泰來微笑道：「這種感覺我知道，每次我練功練到快崩潰的時候，熟悉的小麵館裡一碗刀削麵吃下去，就覺得累點苦點日子總還是有盼頭的。」

唐思思沮喪道：「姥姥去世以後，我就再也沒那種感覺了，連她生前最愛吃的炸雞我也沒辦法找到。」

胡泰來嘆氣道：「那家小麵館後來也關了。」

王小軍跟著嘆氣道：「你們聊吧，我去睡了。」

唐思思道：「所以，我要成為姥姥那樣的人。」

胡泰來道：「我相信你一定可以的，不如你從明天就開始練習？」

王小軍本來已經走到回屋的路上，這會炸毛似的一蹦，腦中閃出六個大字：自作孽，不可活！

第二天一大早，胡泰來來到王小軍門前敲了敲道：「小軍，起床了。」

王小軍抱著被子一角夢囈道：「幹什麼？」

胡泰來理所當然道：「練功啊！」

王小軍閉著眼睛抬起頭，活像一隻被人從夢中驚起的倉鼠：「練什麼功？」

「你不打木人樁了嗎？」

「唐缺不是已經跑了嗎？」

「不是……練功和打唐缺是兩碼事啊！」

王小軍愣了半天之後，似乎才反應過來胡泰來在說什麼，他把下巴支在枕頭上，又像喃喃自語又像說夢話一樣道：「我都這麼強了……你就讓我再休息個三……五天……呃，一個禮拜吧。」

說著用被子蒙住頭，又睡了過去。

接下來的兩天裡，王小軍真的沒有再去碰木人樁，胡泰來瞅得直心疼，他不是心疼王小軍吃了那麼多苦，是心疼明明一棵好苗子三天打魚兩天曬網，這種人他以前最瞧不上，可他又說不過王小軍，用王小軍的話說，武功練得再好，不是人生的全部，練幾天掌打跑唐缺，在他看來就跟考前臨時惡補一樣，考完書也不用念了。

這天，王小軍決定把手上的繃帶拆了，他三天打了二十七萬掌，手可著實傷得不輕，王小軍準備好剪刀和醞釀了一個呲牙咧嘴的表情，開始行動。

不過當他揭開紗布的一剎那，並沒有想像中的痛楚，一部分紗布和已經結了痂的血塊糾纏在了一起，王小軍把它們扯離手掌時竟然毫無知覺，像是戴了一雙硬皮手套。

胡泰來看得直皺眉，他問王小軍：「你不疼嗎？」

「不疼……也不癢。」王小軍把所有紗布都剝離了手掌，有點意外地發現留在手上的傷口並沒有想的那麼觸目驚心，那些破口都已經被淡褐色的傷疤覆蓋，看著像是快要痊癒了。

王小軍活動活動手掌道：「好像哪裡不對的樣子。」

這時唐思思端著一杯熱水走過來，王小軍順勢接過，「嘎巴」一聲，水杯被他捏碎了，滾熱的水灑了他一手。

唐思思一時沒反應過來，皺眉道：「你對我有意見？」

胡泰來飛快地拿起抹布蓋在王小軍手上道：「快快，燙著沒有？」

王小軍愣了一下才把冒著熱氣的手拿在眼前，哭喪著臉道：「我知道哪裡不對了——我的手已經沒有知覺了。」

他這麼一說，胡泰來和唐思思都立即圍了過來，胡泰來道：「你感覺不到燙嗎？」

王小軍冷不丁雙手抓住了唐思思的手，唐思思叫道：「你幹什麼？」

王小軍欲哭無淚道：「這麼綿軟的小手，我一點也感覺不到。」

唐思思這才驚訝道：「真的？」

胡泰來道：「你試試看，靈活度受影響嗎？」

王小軍不斷把十根指頭彎曲伸展：「那倒沒有。」

唐思思道：「快去醫院吧！」

「不忙！」王小軍自己琢磨了一會道：「肯定是末梢神經壞死，估計不礙事。」末了他如釋重負道：「嗯，想明白這點我就不慌了。」

胡泰來崩潰：「你這有科學依據嗎？」

「三天打了二十七萬掌嘛，肯定會有後遺症的，過幾天等痂疤都掉了還不行再說。」王小軍拿起掃帚準備收拾茶杯的碎片，一不留神把掃帚杆也握折了。

胡泰來道：「我明白了，你的鐵掌練成了，可知覺沒有了，所以下手輕重你自己也不知道，在恢復知覺以前，你可千萬別跟人握手。」

王小軍一驚一乍地點點頭。

「開飯啦。」

唐思思從廚房裡端出了暗黑料理，還是一樣的配方，還是熟悉的味道，唐思思自從那天發下宏願，今天是第一次實踐。

王小軍拿起筷子嘎巴一下撅折，隨即馬上道：「哎喲，又沒把握好分寸——那個我還不餓，我得先去研究一下我的手。」

胡泰來看出他這回是故意的，剛想戳穿，王小軍小聲道：「看透不說透才是好朋友！」

胡泰來也小聲道：「那你就忍心讓我一個人受苦？」

「活該，是你鼓勵那妞下廚的。」王小軍說完，裝作踽踽獨行的樣子快速跑了。

胡泰來舉著筷子，驚恐地看著唐思思又端出一盤黑乎乎的東西，要說以他手上的力道，掰斷筷子也是小事一樁，可這是違背遊戲規則的，好比沒寫作業，前一個同學已經把「停電」這個藉口用了，老師懶得搭理他也就過去了，你還用這個藉口，那就是蔑視尊長了，況且胡泰來也做不出這種事。

這時陳靜從門口走了進來，她現在是最用功的一個，平時除了和霹靂姐還有藍毛一起來，經常也利用閒暇時間來練功。

胡泰來和顏悅色地衝她招手道：「來，跟師父一起吃飯。」

老胡受他師父的言傳身教，對徒弟從來不假辭色，更因為是女徒弟怕生是非，平時基本上不說廢話，也沒有笑臉。

陳靜一見師父這模樣，頓時加了幾分小心，步履維艱地往前小心翼翼道：「師父你怎麼了？」

「沒事，還沒吃吧，一起吃啊。」

陳靜臉色一變道：「師父，你是不是看我笨，不打算要我了？」

這會兒唐思思端出了最後一盤黑料理，胡泰來不由分說夾了一大堆放在陳靜碗裡：「快吃，正是長身體的時候。」

陳靜不用吃，一看菜的顏色就知道問題在哪兒了，她遲疑地舉起筷子，下了半天決心，終究是沒敢碰碗裡的東西。

胡泰來偷空小聲道：「師父平時對你怎麼樣啊？」

「呃，還行。」

「那就快吃，別讓你思思姐多想。」

陳靜哭喪著臉道：「師父，你不能為了思思姐就不要徒弟了啊。」

唐思思擦著手從廚房出來，問師徒倆：「味道怎麼樣？」

胡泰來急忙大口吃著，一邊用警告的眼神看著陳靜。

陳靜夾了一筷子在嘴唇上碰了碰，立刻放下道：「不怎麼樣！」

胡泰來把筷子在桌子上一拍道：「年輕人要懂得吃苦，不然怎麼學功夫呢？」

王小軍躲在房間裡，隔著窗戶笑嘻嘻道：「要想學得會，得跟師父睡，你師父是正人君子不好這個，現在到了你表忠心的時候了——年輕人得學會知足啊。」

唐思思反而無所謂道：「你們別逼她了，我知道肯定不好吃，我就是想知道哪裡有需要改進的地方。」

陳靜道：「思思姐，我說句不好聽的話你別生氣，光這道菜你需要改進的地方就太多了，首先，你外面炒糊了可裡頭還生著呢，然後這個調味料……」

唐思思道：「沒拌勻嗎？」

「勻了，但不是所有的菜都適合放生薑粉的。」

胡泰來苦惱道：「你這丫頭，平時說話沒這麼直啊。」

唐思思卻眼睛一亮道：「你也懂做菜？」

陳靜道：「我不懂做，但我懂吃。」她又道，「而且我爸懂啊。」

胡泰來問：「你爸？陳長亭？他是做什麼工作的？」

陳靜道：「他是義和樓的廚師長。」

「啊？」

別人倒沒什麼，王小軍先吃了一驚，義和樓是本地最著名的中餐廳，人氣火爆到不是提前一個月預定根本沒座位，這幾年廚藝大賽風潮正盛，各種食神比賽有很多都是在義和樓舉行，義和樓的廚師長基本上就是無冕之王，在餐飲界的地位相當於音樂選秀節目中的周杰倫、汪峰。

王小軍道：「你思思姐就想把菜做好，你能不能讓你爸教教她啊？」

陳靜體現出了與她這個年紀不符的持重，猶豫了片刻才道：「這個我不敢保證，但我可以讓我爸和思思姐見一面。」

王小軍道：「你答應了，不就相當於你爸答應了？」雖然只見過一次，但他看出陳長亭對這個女兒是十分在意的。

陳靜道：「我爸早對外宣布過，六十歲以前不收徒弟。」

王小軍道：「他女兒在我們手裡，我們就紅口白牙朝他索個賄嘛。」

陳靜微笑道：「就算你和我師父把我綁了，他也只會給你們錢，不會教你們做菜的，我爸說了，這叫職業尊嚴。」

唐思思道：「那你就讓我們見一面吧。」

陳靜看看錶道：「這個時間他正在義和樓做事，就算美國總統的電話也不接，等我聯繫到他以後，再和思思姐敲時間。」

唐思思點了下頭，但表情已經不太高興了，王小軍最瞭解唐思思，她畢竟是唐門的大小姐，不用刻意培養就天生心高氣傲，不食人間煙火，這從她離家出走竟然不帶錢就能看出來，現在她屈尊去給別人做徒弟，對方居然還耍大牌，也難怪大小姐不爽了。

陳靜去學校後，利用課餘時間打來電話，說陳長亭答應下午四點半在義和樓對面的茶館見唐思思，雖然陳靜沒有多說什麼，但胡泰來聽得出這個女徒弟大概是費了不少口舌。

胡泰來把時間地點告訴唐思思，特意叮囑：「可千萬別遲到。」

王小軍道：「下午我陪思思去，老胡你呢？」

胡泰來憨笑道：「我就不去了，別讓陳長亭真以為咱們拿他閨女要脅似的。」

王小軍拿出手機搜索著，忽然叫道：「陳長亭居然還是個名人！」

胡泰來湊上來道：「怎麼了？」

「這一大串頭銜和名譽我就不念了啊——」王小軍盯著螢幕道：「就說兩點，人家現在是技師。」

胡泰來摸不著頭腦道：「技師很厲害嗎？」

「很厲害，是廚師裡的最高級別，相當於軍人裡的上將。再聽這個——陳長亭被評為最有可能成為米其林三星主廚的中國人，中國美食雖然享譽世界，不過因為米其林評選多偏向於西方菜系，所以問鼎三星主廚的華人很少，陳長亭是唯一的例外，也就是說他靠做菜在國際上都被認可了。」王小軍解釋道。

「那是厲害。」胡泰來道。

下午約莫時間差不多了，唐思思對王小軍道：「走吧，咱們去看看那個三星主廚。」

王小軍看了她一眼道：「你這精神狀態不太對啊，難道不該是興高采烈的嗎？」

唐思思道：「我不管他有什麼頭銜，做菜好吃我才服他，拿名頭壓人的事，我們唐門還做得少嗎？」

「嗯，我欣賞你這種自黑模式。」

兩個人出了門，攔下一輛計程車，王小軍伸手開門，「喀」的一下把車把手給拉脫扣了，好在司機沒發現。

義和樓在本地絕對是地標性的建築物，這家餐廳頗有歷史，雖然重新裝潢過幾次，但豪華度還是趕不上新開的大酒樓，不過論地位，毫無疑問是業界頭把交椅。最主要的原因就是因為這裡的廚師個個都是頂尖高手，隨便一盤菜都沒有不上講究的，價格不菲但物有所值。

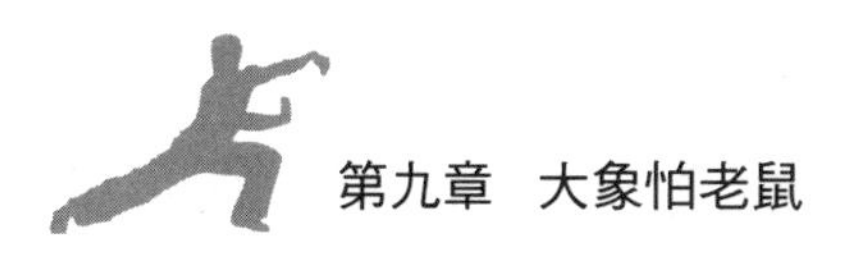

到了地方，王小軍掏出一百塊錢給司機，心懷鬼胎道：「不用找了。」說完小心翼翼地用一根指頭拉開車門，叫上唐思思就跑。

到了說好的茶樓裡，離約定時間還有十來分，王小進指著對面道：「看見沒有，那就是吃貨們眼裡的聖地，相當於ＩＴ業裡的矽谷、金融界的華爾街、武術迷們的少林寺。」

服務員端上茶水，王小軍作勢欲拿，比劃了好半天，最終對服務員說：

「你們有鐵杯嗎？」

「沒有，只有拋棄式的紙杯。」

「呃，那就給我一個紙杯吧。」

王小軍在家已經試過多次，玻璃杯或瓷杯現在是他的天敵，力道輕了拿不起來，或者剛拿起來就掉，只要稍微用力過頭馬上就碎，雖然指頭靈敏度沒有退化，但手掌沒有知覺以後，就像是把機器手接在他的胳膊上，力大無窮，不知不覺非常容易搞破壞，並不是一切只要小心翼翼和輕拿輕放就能解決的。

這時陳長亭走了進來，雖然知道了他的職業，但從外表一點也看不出他是個廚師，廚子做到他這個份兒上，沒了油煙味，氣質韻味都只能用成功人士來概括。

陳長亭手裡提著一個木質的食盒，從容不迫地把盒子放在桌上，衝王小軍伸出手來。

王小軍則把雙手都藏在背後，嘿嘿一笑道：「就不握了，沒洗。」

陳長亭和唐思思握了下手，示意兩人坐下，溫和道：「小女跟著胡老師學藝，也經常提起兩位，我正式向兩位道謝，謝謝你們對她的照顧，怎麼胡老師沒來嗎？」

王小軍道：「哦，他是個武癡，一般不出門。」

陳長亭點點頭：「能跟了胡老師這樣的名師，是小女的榮幸。」

王小軍碰了唐思思一下：「給陳哥倒茶呀。」他沒話找話道：「陳哥我一直有個事挺納悶的，陳靜馬上就高考了，你就不擔心她跟胡老師學功夫耽誤了學習？」

陳長亭沉吟了一下，正色道：「小靜這孩子念書向來不用我操心，但性格有些懦弱倒很讓我操心，你們去學校找她那天，她回家跟我說她想學功夫，說實話我心裡很高興，這段日子以來，我發現她確實變了不少，人也活潑了，這全是你們幾位的功勞，小靜的母親走得早，作為女孩兒，很多話不願意跟父親說，幸虧她結識了你們這樣的好師長，我再次向你們鄭重道謝。」

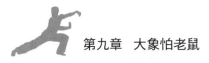

說著，舉起茶杯拱了拱手。

王小軍忙道：「別客氣別客氣，我們這不是也馬上就有求於你了嗎？」

陳長亭看看唐思思道：「聽說唐小姐想學做菜？」

唐思思淡淡道：「還沒想好跟誰學。」

王小軍道：「我這個妹子做蛋炒飯是一流的，就是一做別的就不行了，所以想讓陳哥給看看問題出在哪兒。」

陳長亭微笑道：「我又不是醫生——」

他談笑之間掃了一眼唐思思的手道：「唐小姐平時應該是不幹活的吧？」

「說對了。」王小軍道。

陳長亭道：「也就是說，除了蛋炒飯是有人手把手教過你之外，對做別的菜你一竅不通，你甚至沒有摘過菜，也沒洗過菜，你以為炒菜就是把它們扔進油鍋裡攪拌就行了。」

「呃……」唐思思不說話了。

王小軍想了想，小聲對唐思思道：「你好像就是這麼幹的。」

陳長亭道：「兩位應該都是武林中人，知道學拳要先練馬步，然後循序漸進一步一步來，怎麼到了做菜上就想一步登天了呢？我今年四十五歲，十五歲那年正式入行，我像唐小姐這麼大的時候，每天幹的活兒就是洗菜、摘菜、給師父備料，到二十多歲才正式摸到炒勺。」

王小軍小聲道：「聽見沒，再過一年你才能摸炒勺。」

唐思思皺眉道：「可是我沒有那麼多時間，洗菜摘菜對廚藝有幫助嗎？」

「有呀。」陳長亭淡然道，「等你洗過摘過幾十噸的菜以後，才能自然而然地對它們的氣味、紋理、質感有第一手的瞭解，才能看出同樣的菜裡面哪一顆是最好的，哪一根是新鮮的，小時候，我們第一次買回來的菜往往被媽媽罵是為什麼？因為我們沒經驗。」

王小軍道：「如果跟了你這樣的名師，那不就等於碰上了世外高人，這些環節就可以免了吧？」

陳長亭微笑道：「哦，我不收徒弟的。」

說到做菜，這個一直溫和謙謙有禮的中年人似乎散發出了與以往不同的傲氣和十足的自信，他不等王小軍再說什麼，把帶來的食盒揭開蓋子道：

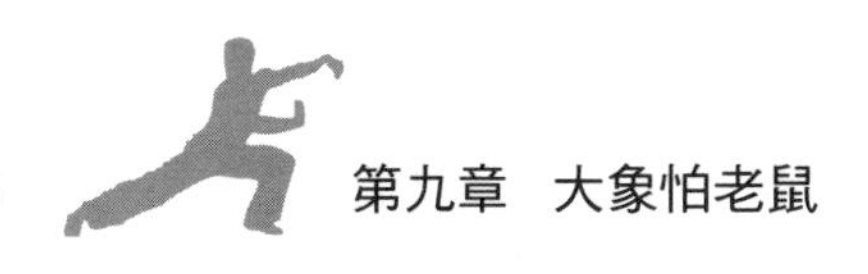

「這是我炒的一盤小菜，兩位嘗嘗吧。」

盤子裡是幾片炒熟的青菜，綠瑩瑩地倍顯清脆，醬油汁打底閃著油花，明媚的紅椒絲點綴在菜上，蓋子一揭開時就滿屋子異香撲鼻，簡簡單單一個小菜居然被做出了奪魂攝魄的色香味。

王小軍不由自主地拿起食盒裡的筷子，嘎巴一下斷了，他捏著兩截斷筷子夾起一片菜放進嘴裡，眼神驟然大亮道：「唔，好吃！」

陳長亭只是微笑著看著他。

唐思思遲疑地舉起筷子，嘗了一口之後便把筷子放下了。

「怎麼，不好吃嗎？」王小軍詫異地問，他硬是拄著兩根斷筷子把一盤菜全給吃了。

唐思思盯著陳長亭道：「我要跟你學做菜。」

陳長亭依舊是微笑道：「我不收徒弟的。」

唐思思堅決道：「那我就跟著你從洗菜摘菜開始做起，直到你肯教我的那一天。」

唐思思這麼說，王小軍很意外，他原以為以唐思思的脾氣，見陳長亭推三阻四就算不勃然大怒也會拂袖而去，沒想到她居然有服軟的時候。

眼瞅陳長亭還要推辭，王小軍笑嘻嘻道：「陳哥，就算給胡老師一個面子嘛。」

陳長亭愣了一下，苦笑道：「就知道現在的老師惹不起，你都這麼說了，我還能怎麼辦？」

唐思思驚喜道：「你願意教我啦？」

陳長亭考慮了一下，正色道：「我只能答應先把你安排進義和樓幹活，就是從洗菜摘菜開始，我炒菜的時候你可以看，但不許提問，再有，也不許喊我師父。」

王小軍小心地看了唐思思一眼，這些要求可謂無一不過分，他真怕唐思思怒火爆發。

不料唐思思道：「好！」

「好，那你明天就可以來義和樓上班了。」陳長亭站起身道：「最後，作為前輩我送你一句話，也是建議，做菜，在普通人眼裡無非是一門手藝，但我希望你能把它當成學問來做，戒驕戒躁，踏實肯幹，總有一天你會體驗到它帶給你的樂趣。」

王小軍道：「就沒有更務實一點的建議了嗎？呃……算了，我還是不跟

你握手了。」

他這麼說，是因為陳長亭已經站起來和他道別了。

陳長亭對唐思思笑笑道：「你的蛋炒飯我見過，你很有天賦，希望你不要辜負它。」

陳長亭走了以後，王小軍發怔道：「我知道病根在哪了！」

「在哪兒？」

「那天炒了一大盤子硬是一口也沒給人吃，我要是陳長亭也得記仇啊。」

陳長亭第一次跟王小軍見面，也是他和胡泰來還有唐思思剛聚首的那天，陳長亭作為一個極品廚子，看來也對那盤炒飯留下了深刻的印象。

·第十章·

決戰在即

陳靜、和人打架、昏迷住院……在去醫院的路上，王小軍滿腦子都是這幾個字，他拼命聯想也不能把它們聯繫在一起，如果換成霹靂姐或者藍毛或許他還相信些，可是陳靜怎麼會和人打架呢？接下來的問題就是「為什麼」。

出了茶樓，王小軍伸手攔了輛計程車，然後往後退了一步，等唐思思給他開門，他坐在副駕駛座上後，又示意唐思思幫他把門關上。

司機敬佩無比地看著王小軍，由衷道：「哥們你是怎麼調教的呀，我那女朋友別說替我開車門，襪子都得我幫她洗！」

王小軍嘿然：「開你的車吧，我是為你好！」

在路上，王小軍忽然感慨道：「老陳這個人不簡單啊，他知道閨女在咱們手裡這個人情推不了，索性答應前先給了咱們一個下馬威。」

「這話怎麼講？」唐思思問。

王小軍道：「人家清楚你的心思，就怕你把他當浪得虛名之輩，於是來前隨隨便便炒了個菜帶著，結果怎麼樣，咱是不是一吃就傻眼了？這就是食神的最高境界，用實力來說話，他要把所有榮譽證書都帶上，那我肯定抬腿就走。」

唐思思道：「總之他做菜好吃，我就沒白來。」

到了地方，仍舊是唐思思幫王小軍開車門，司機一邊找王小軍錢一邊賊忒兮兮道：「哥們，你就教我幾招對付女人的辦法吧。」

唐思思本來等著替王小軍關門，聽司機這麼一說，直接扭頭走了。

王小軍瞪了司機一眼，只好自己把車門摔上，留下一個清晰的掌印。鐵掌幫裡空無一人，王小軍四下轉了一圈不見胡泰來，正犯嘀咕時，見胡泰來捏著喉嚨從門外走進來。

「老胡你上哪兒啦？」

「嗓子疼，出去買點藥。」胡泰來變聲變調地說。

「中午不是還好好的嗎？」王小軍道：「你猜我們見了陳靜她爸都說什麼了？」

「唔？說什麼了？」

「大叔真是好好的給我們上了一課啊，思思你說是不是？」

唐思思笑道：「那些都是其次的，真應該讓老胡嘗嘗他的菜，也好補償我的手藝帶來的心理創傷。」

王小軍斜了胡泰來一眼道：「老胡你好像不怎麼關心啊？」

胡泰來依舊捏著喉嚨，低著頭道：「哦哦，關心的……小軍我跟你說件事。」

「你說。」

「那個……你的鐵掌三十式能不能借我參考參考？」

王小軍毫不猶豫道：「行啊，我早就要給你看的，是你講究多，你等著，我給你拿——」

他轉身走到屋子裡，打開抽屜把那七頁紙拿了出來。

胡泰來微微抬頭看著他，詫異道：「這東西你一直放在抽屜裡？」

「是啊，不然放哪兒？」

王小軍捏著七頁紙朝胡泰來遞了過去，忽然一收手道：「誒等等！」

胡泰來嚇了一跳道：「怎麼了？」

「老胡，你不會是想以後改練掌了吧？」

原來王小軍想起了大師兄的話——鐵掌幫的功夫有著致命的缺點，遲早會反噬練功者，他可不想害了胡泰來。

胡泰來眼睛發光，隨口敷衍道：「不會不會，我就是參照一下。」

「嗯，那給你吧。」王小軍又遞了過去。

就在這時，門口有人朗聲道：「小軍，你讓我去接思思，她在哪兒啊？」

王小軍抬頭一看，發現說話的人是胡泰來……

沒錯，院子裡赫然有兩個胡泰來，一個站在自己面前，一個在門口，穿著一樣的衣服，長相也一模一樣！

王小軍愣了一下，馬上就一切都明白了！

門口的胡泰來一愣之下，這會兒也反應過來，手一指喝道：「他是假的！」

先前那個「胡泰來」見自己暴露，手一伸就要搶面前的紙，可是王小軍現在也不是以前那個半吊子了，他這會兒收手必定來不及奪回東西，索性左掌揮了出去！

假胡泰來眼瞅就要得逞，忽覺惡風不善，急忙撤身急速向後退去，伸出去的手指被王小軍掌緣掃了一下，根根扭曲。

受了傷的假胡泰來腳尖點地躍上房頂，嘆息道：「倒楣！就差一步。」

他把扭曲的指頭尖剝下來扔到地上，原來他的手指前端都是用石膏一類的東西捏上去的，而他說話的聲音也完全變了樣，赫然是好久沒露面的楚中石！

王小軍臉上變色，跳腳道：「王八蛋，差點讓你騙了！」

胡泰來趕到院子當中指著楚中石道：「你好卑鄙呀！」

楚中石也不除去臉上的偽裝，笑嘻嘻道：「兵不厭詐，你以為我愛裝成你啊？」

王小軍把七頁紙卷成一個筒狀，衝楚中石搖了搖道：「上次我給你你不

要，怎麼這回玩起變臉來了？」

王小軍心裡其實是滿震驚的，化裝易容在武俠小說和電影裡經常見到，沒想到現實裡真有這門功夫，電影《不可能的任務》裡也老用這種手法，可事實上恐怕真正的間諜也難做到如此逼真的地步。

楚中石看著王小軍手中的紙筒眼神閃爍道：「哼，這東西你以前答應過要給我的，怎麼又不給了呢？」

王小軍皮笑肉不笑道：「你下來拿啊。」

楚中石索性盤腿坐在房頂上道：「你打唐缺的時候，我就在上面看著，那時候我才確定鐵掌幫裡確實有秘笈，這幾張紙的作用恐怕你先前也不知道吧？」

王小軍道：「不妨告訴你，這七頁紙還真不是什麼秘笈，本來你要不用這種手段來找我，或許我是可以給你的，現在你是真的沒機會了。」

其實王小軍至今也沒覺得那些圖是什麼不傳之秘，要是楚中石真能好話好說，王小軍說不定為躲個清靜真能給他一份。

楚中石臉色變了變道：「便宜話少說，你要是不給我，從今以後不但得防備房頂上有人，還得隨時防備你身邊的人就是我冒充的，下次我就裝成你爺爺，讓你這個龜孫子叫我幾聲。」

王小軍道：「思思，打他！」

唐思思手裡攥了一把硬幣，滿手心都是汗。

楚中石嘲笑道：「別嚇唬我，唐大小姐的暗器大部分時候怕是不靈光的。」

唐思思一揚手，那些硬幣紛紛從楚中石身邊腳下飛過，力道還像模像樣，不過準頭確實難以恭維。

楚中石起身在房頂上來回散步，一邊侃侃而談道：「王小軍，何必呢，秘笈你都學會了就把它給我唄，雇我的人說不定就是好奇想看一眼，對你又沒有什麼損失。」

「你看好了啊！」王小軍忽然把手裡的紙筒撕成碎末，剛要撒手，唐思思道：「等等！」

她接過那些紙屑，走到廚房裡打開煤氣灶，全部扔進了火裡。

王小軍拍拍手道：「你要的東西這下徹底沒有了！」

「王小軍！」

楚中石終於急眼了，可又無可奈何，以前他只忌憚胡泰來一個人，現在在平地上王小軍也能秒殺他。

楚中石翻身跳了出去，卻拋過來一句話，「I'be Back!」

「他說什麼？」王小軍問。

「我會回來！」唐思思答道：「反派頭子都愛說這句話。」

在確定楚中石走了以後，三個人面面相覷，尤其是王小軍和胡泰來，彼此看著都彆扭。

王小軍道：「我要確認一下，你不是那貨冒充的吧？」

胡泰來道：「別問我了，他是先冒充你，說思思買了一堆東西讓我去接一下。」

王小軍吃驚道：「那貨還冒充過我？」

胡泰來嘆氣道：「一模一樣啊，別說是我，恐怕你爺爺你父親都分辨不出來。」

王小軍一屁股坐在地上道：「要不是樣子太像了，他開口跟我要秘笈的時候，我就應該察覺出那不是你的作風。」

胡泰來撿起幾根用石膏做的假手指：「就因為我的手大，居然連手指都做了加工……」

胡泰來手掌寬厚，手指粗壯，跟一般的人明顯不同，要說楚中石也算夠用心了，一般人但凡有點僥倖心理都不會這麼精益求精。

王小軍感慨道：「細節決定成敗，這傢伙偽裝的技術實在太恐怖了。」他忽然浮生出一個可怕的念頭——如果楚中石真的偽裝成爺爺或父親的樣子，那還真難辨別。

唐思思忽道：「可是他有一個很明顯的不足，他只能模仿樣子，卻模仿不了聲音，我和小軍剛進門的時候，他假裝嗓子疼，就是因為他的聲音跟老胡的不一樣。」

王小軍霍然抬頭道：「不錯，他學我的時候聲音像嗎？」

胡泰來想了想道：「果然不像，可我沒想那麼細。」

王小軍這才多少有了一點寬慰：「咱三個以後認人不但得看臉，還得聽聲音。」

說到最後，不禁意興闌珊道：「這段時間咱們最好誰也不要感冒。」

唐思思道：「萬一要感冒了呢？」

「那就活該被打死！」

第二天早上，老頭們和謝君君難得沒有來上班，張大爺過幾天要過七十大壽了，兒女都從外地趕回來，要利用這幾天帶著他去郊區享享清福、盡盡孝；王大爺和李大爺也正好處理處理別的事，鐵掌幫的院子裡只有胡泰來一個人的練功聲，難得有歲月幽靜的感覺。

只是這幽靜在中午還是被打破了，霹靂姐她們下午沒課，又集體來報到了。院子裡頓時充滿了女孩子嘰嘰喳喳的聲音，直到胡泰來咳嗽一聲出現，她們這才打住聊到一半的八卦，開始練功。

唐思思接到陳長亭的電話，讓她下午四點半去義和樓報到，大概今天只是和義和樓的掌櫃股東們見個面，還不能正式幹活，畢竟對義和樓這種地方而言，招個幫廚也是大事，何況是陳長亭出面介紹的，仍然是王小軍陪她去。

下午四點多鐘到了義和樓門口，唐思思不免惴惴。

王小軍很明白她的心思，到了美食聖地學不學得到東西那是其次，唐思思作為沒怎麼接觸過社會的白紙，該怎麼和人打交道、受到排擠怎麼辦這些人際關係的事上，反而是她最焦慮的部分。

王小軍道：「你進去別真把自己當學徒，你就當自己是臥底在敵人內部的絕世高手，凡事低調，等走那天再一鳴驚人，你可是註定要在美食界稱王稱霸的奇女子！」

唐思思噗嗤一樂，知道王小軍是在故意逗自己，振奮了一下精神道：「我進去了，你呢？」

王小軍道：「我在附近轉轉，你完事了給我打電話。」

兩人分手後，王小軍就真的在附近的小街裡轉悠，他在各個房屋仲介的門口流連，尤其注意門口的資訊板上有沒有四合院的買賣資訊，邊看邊比對行情，他是要給鐵掌幫的房子估估價。

與此同時，小鬍子領著二十多個人殺氣騰騰地來到了鐵掌幫附近，走在他身邊那人道：「師兄，大武怎麼不來，他不會是讓那個姓胡的打怕了吧？」

小鬍子哼哼著道：「他就是個死腦筋，都什麼時代了，還講究單打獨鬥？」

又有人道：「師兄，這事兒要讓師父知道了，咱們都要吃不了兜著走吧？」

小鬍子道：「只要你們不說，他怎麼會知道？鐵掌幫那倆人一看就是空架子，姓胡的只不過是個外地人，打了又能怎麼樣——咱們虎鶴蛇形拳什麼時候吃過這個虧？」

「沒錯！」

「就是！」

跟著他的人紛紛大呼小叫起來。

小鬍子眼神發狠，用低沉的聲音道：「一會兒進去直接動手，女的也不例外，等把他們都制住了我有話要問。」

「好！就按師兄說的辦！」

紮了一上午的馬步，下午胡泰來開始教霹靂姐她們一些招式變法。

任何事情在初始階段都是單調無趣的，尤其胡泰來還是個嚴格的老師，每一拳遞出去必須做到盡善盡美，力道和角度不能有絲毫的差錯，讓他欣慰的是這三個女弟子沒人叫苦，現在的孩子還有這樣的心性算難得了。

「砰！」

大門被人一腳踹開，小鬍子領著二十多個身穿勁裝的漢子呼啦一下闖進來，片刻就把師徒四人包圍起來，其中兩個飛快地在裡院轉了一圈道：「師兄，裡面沒人！」

「你們……」

胡泰來臉上怒色一閃，最終還是決定把話問清楚再說。

「那個使銀針的傢伙呢？」小鬍子喝問了一聲，不等胡泰來回答，索性一揮手道：「給我打！」

霹靂姐怒道：「你們打不過我師父，就仗著人多來報復嗎？」

「啪！」有人不由分說抬手給了霹靂姐一個嘴巴。

小鬍子得意道：「我就是仗著人多，你能怎麼樣？」

說話間，胡泰來已經被迫大打出手，這些人大多都參與過上一次的踢館，知道胡泰來功夫了得，這一出手都是四五個一起上，後面有壓陣的，有相機而動的，個個毫不留餘力，上來就是血拼！

胡泰來起初還想講理，只猶豫了幾秒鐘身上就吃了十幾下，知道今天不能善終，把拳頭大開大闔地掄起來，他力大招沉，腳步不停，靈活地在人群裡穿插，利用步伐盡可能讓自己面對孤立的敵人。

這老胡可不單純是武術家，看舉止就知道在沒得真傳以前大概還有過豐富的打群架經驗。他在院子裡轉了半圈就打倒三四個人。

霹靂姐挨了一嘴巴，加上見師父漸漸陷入被動，血往上湧，揮拳把面前的人打了個趔趄道：

「老三，咱跟他們拼了！」

她喊的是藍毛，可藍毛這會早就被嚇傻了，她以前在學校裡是刺頭，那不過是裝腔作勢罷了，見二十多個身手矯捷的漢子在前面，手腳早已不聽使喚，霹靂姐一喊，她哆嗦了一下。

盯著藍毛的那漢子冷冷地指著她道：「敢動一下就打死你！」

胡泰來邊打邊沉聲道：「霹靂，你帶著珍珍和陳靜先走，這裡不關你們的事。」

小鬍子的師弟們雖然得到了命令，不過大部分人還是不想背上個先動手打女人的名頭，所以除了和霹靂姐撕扯起來的那個，藍毛和陳靜也只是被人盯著，暫時沒受到攻擊。

霹靂姐胳膊被對方反擰過去，袖子也被扯掉，氣得大罵：「老三，你他媽還講義氣嗎？」

小鬍子嘿嘿一笑：「義氣？這東西現在還有人在乎嗎？」

胡泰來漸漸被逼到牆下，敵人從四面湧上，眼看只要一進了死角，那就再無回天之術了，陳靜突然腳步移動補位到了胡泰來身後。

她身子微蹲，將雙拳放在腰下，霍然擊出右拳，把想從身後偷襲胡泰來的一個漢子打了個跟頭。

陳靜不緊不慢地收回右拳，左拳擊出，跟上的那漢子也被她打得退了幾步，胡泰來聽風辨形，不禁道：「好拳法！」

在場的人也全都驚訝不已，雖然說陳靜這兩下占了出其不意的便宜，但小女生有這份拳勁可當真不易，更難得的是這種沉著。

陳靜聽到師父在誇自己，緊迫之下仍是不敢回頭，呵呵一笑道：「是師父教得好！」

「丟人敗興！」小鬍子陰著臉罵了一句，突然欺身到陳靜面前，手臂呈蛇形向陳靜胸前鑽去，陳靜微感緊張，出拳往他手背上打來，胡泰來用餘光一掃，警告道：「別——」

但是已經晚了，小鬍子手臂頃刻纏上了陳靜的拳頭，冷不丁向下一按、腳下一掃，陳靜摔倒在地，小鬍子不解恨，又在她肚子上踢了一腳。

「混帳！」

「王八蛋！」

胡泰來和霹靂姐一起暴走，霹靂姐拼命掙脫對手，那只袖子也被扯斷，她飛撲向小鬍子，中途就被另一個人擋住。

多年來，胡泰來第一次失了分寸，他回頭想查看陳靜的傷勢時，被三四

個壯漢一起掰住了胳膊，剛要掙脫，另一隻手又被好幾個人牢牢抓住，小鬍子獰笑著把一支棒球棍高高舉起，用力把它擊碎在胡泰來的右手小臂上：

「老子先廢你一隻手！」

他憑空一伸手，有人把另一支棒子放在了他掌心。

「不許傷害我師父！」陳靜猛然抱住了小鬍子的腿，順勢用指甲抓進他的肉裡。

「操！」小鬍子一腳踹在陳靜腦袋上，看著對方身子一軟，昏倒在地上。

藍毛終於按捺不住，撲向了面前的對手，但她這時心神已亂，功夫又最不到家，轉眼就被打倒在地。

胡泰來雙目赤紅，喝道：「今天你不打死我，你一定會後悔的！」

「叫板？」小鬍子舉起球棍道：「老子改主意了，我把你那隻手也打殘，倒要看看你怎麼讓我後悔！」

有人小聲在小鬍子耳邊道：「師兄，別把事搞大，萬一出了人命……」

小鬍子愣了一下，把棍子一扔陰惻惻道：「姓胡的，你不是很行嗎？還不是得女徒弟保護你？限你明天之內，讓那姓唐的小妞和那個使銀針的來見我，不然我還會來找你的！」

他一揮手道：「走！」

小鬍子的人頃刻間走得乾乾淨淨，胡泰來飛快地把陳靜抱在懷裡，右手不停地顫抖，霹靂姐和藍毛又是眼淚又是血的圍上來喊著陳靜的名字。

胡泰來沉聲道：「叫車，去醫院！」

這會兒陳長亭已經把該引薦的人都給唐思思引薦過了，餐廳馬上就要迎來人潮高峰。

陳長亭把唐思思送到門口，見王小軍已經等在這裡，衝他點點頭，又對唐思思道：「明天不要遲到，好好幹，不光是跟我學做菜，這裡藏龍臥虎，都是你的老師。」

王小軍道：「陳師傅，我說句大逆不道的話，思思她不會七老八十才能有您這樣的手藝吧？她嘴上不說，我覺得還是趁年輕貌美的時候就出人頭地比較好呢。」

陳長亭一笑剛想說什麼，電話鈴聲打斷了他，他抱歉地揮揮手轉身接起，剛聽了一句臉色就變了，手一抖，電話掉在地上。

「怎麼了？」唐思思問。

陳長亭良久才從震驚中勉強恢復過來，盯著她和王小軍，一字一句道：「陳靜和人打架，昏迷住院了！」

陳靜、和人打架、昏迷住院……在去醫院的路上，王小軍滿腦子都是這幾個字，他拼命聯想也不能把它們聯繫在一起，如果把前面的名字換成霹靂姐或者藍毛或許他還相信些，可是陳靜怎麼會和人打架呢？接下來的問題就是「和誰」「為什麼」「到底出了什麼事」，可惜這些暫時都沒有答案。

開車的是陳長亭，臉色慘白。

唐思思不安地和王小軍交換了個眼神，但她從對方那裡也只得到了茫然的回應。

醫院的走廊裡人聲嘈雜，胡泰來的右胳膊腫著，用一根紗布吊在脖子上掛在胸前，霹靂姐和藍毛無力地癱坐在走廊裡的長凳子上，鼻青臉腫衣衫不整。

「怎麼回事？」

陳長亭、唐思思、王小軍幾乎是同一時間圍住了胡泰來，唐思思見了胡泰來的手之後，更是驚叫了一聲。

胡泰來看上去倒還平靜，他見了陳長亭之後，滿臉慚愧道：「陳老師，我對不起你，你把女兒交給我，我沒能照看好她。」

「小靜怎麼會和人打架的啊？」

陳長亭終究是個有著良好修養的人，誰都能從這句話裡聽出怒氣和質問，但仍沒有失了分寸。

胡泰來看著唐思思道：「思思，看來唐缺在找你之前，先和虎鶴蛇形拳的人見過了，並且和他們的大師兄動了手。」

他儘量用平靜的口氣把小鬍子帶人闖進來的事說了一遍，隨即又對陳長亭道：「陳老師，所有事的根源都在於我多管閒事、跟人比武埋下的引子，陳靜如果好了，你叫她別再跟著我了，這件事的所有後果我一個人承擔。」

陳長亭發了一會兒愣道：「你……別這麼說，要不是因為我找你去幫小靜，你也不會得罪了這些人。」

王小軍在聽胡泰來說完事情經過之後，就一直在揉臉，唐思思看了他一眼道：「你幹什麼呢？」

「我在想一些事情。」

「什麼事？」

王小軍不理唐思思，直接問胡泰來，「老胡，你的胳膊怎麼樣了？」

胡泰來道：「還沒顧上找大夫，不過應該沒骨折。」

「還能打嗎？」

胡泰來微微一笑，抬了抬左臂道：「這條可以。」

王小軍用像在感慨什麼似的口氣道：「老胡啊，沒辦法啦，咱打回去吧！」

陳長亭吃驚道：「你們……不會是想自己去報仇吧？」

王小軍對唐思思道：「思思，你自己回家吧，這事完了，我們不是在醫院裡就是在警察局，你機靈點，看該給我們輸血還是送飯。」

唐思思撇嘴道：「說得好像我不去一樣！」

陳長亭更吃驚了：「你也要去？」

唐思思道：「人家不是說了嘛，最想見的是我。」

這時醫生從病房裡走了出來，摘下口罩問：「誰是陳靜家長？」

「我是！」陳長亭急忙上前。

「哦，暫時看陳靜沒有生命危險了，她的頭部受重力後發生了休克、輕微腦震盪，應該會很快蘇醒。」

「會有後遺症嗎？」陳長亭問。

「短時期內是免不了的，頭暈、頭疼都可能出現，不過她還年輕，恢復能力強，以後應該不會有大問題。」

胡泰來眉頭終於展了展道：「這下我也能鬆一口氣了。」

王小軍道：「嗯，沒有後顧之憂了就走吧。」

胡泰來對陳長亭道：「陳老師，陳靜醒來以後，你就別讓她再去找我了，你轉告她，我教她的那些功夫如果不放下，強身健體是足夠了，讓她別學我這個師父，嘴上說得一套一套，什麼克制忍讓，其實終究是個愛管閒事的莽夫。」

陳長亭愕然半晌，緩緩道：「胡老師真的別這麼說，其實陳靜能這麼做，我……挺欣慰的。」

「走吧！」王小軍催促道。

這時走廊口出現兩個員警，其中一個遠遠地伸手一指道：「胡泰來在那！」兩個人小跑著趕上來，生怕胡泰來逃匿似的。

那個胖員警跑到近前確認道：「你是胡泰來嗎？」

「是我。」

那個瘦員警板著臉公事公辦道：「我們接到報案，說你們一幫人打架鬥毆，現在跟我們回去瞭解情況！」

霹靂姐先忍不住叫道：「什麼叫打架鬥毆？是對方二十多個人群毆我師父一個！我們是正當防衛！」

瘦員警道：「這事是什麼性質你說了不算，所以叫你們跟我回去說清楚。」

藍毛不平地道：「你們現在這麼威風，他們來鬧事的時候怎麼沒見你？你們不去找那幫人，先來抓受害者嗎？」

瘦員警瞪眼道：「說話注意點，你是不是想妨礙公務？」

王小軍耐著性子強顏歡笑道：「警察同志，我們一會兒還有事情要辦，能不能通融一下？明天你再來找我們，咱們把所有事情就一塊辦了！」

瘦員警馬上指著王小軍道：「你這話什麼意思？你們是不是又要去搞事？」

王小軍聳肩道：「我可沒說。」

瘦員警強硬道：「找他回去瞭解情況只是客氣的說法——」他把手放在手銬上道：「你們可別等我亮傢伙，到時候後果你們自負！」

王小軍嘿然無語，手不自覺地搭在椅背上，喀吧一下把椅子掰下一塊來。

瘦員警警覺道：「你幹什麼？還想襲警？」

胡泰來對王小軍道：「小軍，要不然我就跟他們走一趟，那事兒等我回來以後咱們再說。」

王小軍無奈道：「你先跟他們走，那事兒我自己去辦！」

瘦員警道：「就衝你這態度，我得把你也帶走！」

這時有個清脆的聲音道：「你們好威風呀，說帶走誰就帶走誰嗎？」

段青青大步走來，眉頭緊蹙。

瘦員警瞪眼道：「你又是誰？」

段青青道：「你別管我是誰，凡事抬不過一個理字，現在是法治社會，幾十個人闖入民宅傷了國家公民，你們不去找凶手，就只會抓老百姓嗎？」

瘦員警見段青青氣質儼然又滿嘴官腔，一時不知該怎麼辦，只好指著王小軍道：「這人說的話你也聽見了，我們現在放他走，他馬上就會去找人報復，我要不把他帶走出了事——」

「我負責！」段青青道。

「你負責得了嗎？」瘦員警眼睛又瞪起來了。

胖員警見不可開交，笑咪咪地對段青青道：「小妹妹，我們也是執行公務，誰有理誰沒理總有說清楚的時候，咱們都別把事兒搞大行嗎？」

段青青瞟了他一眼：「人你們是非抓不可嗎？」

胖員警道：「我們得到的命令就是找人回去調查，你說幾十個人闖入民

宅，這事性質很嚴重，萬事總得有開始才有水落石出那一天吧？所以你也別難為我們。」

他話說得好聽，其實一點也沒讓步。

陳長亭道：「我是受害人的父親，我可以證明這幾個人都是無辜的。」

瘦員警道：「當時你在場嗎？」

「不在。」

「那就少說話！」說著就要上來抓胡泰來的胳膊。

段青青神色一寒道：「放開！你們等我兩分鐘，我打個電話。」

瘦員警面露譏諷道：「小姑娘派頭很大嘛，還學會社會上那一套了，我告訴你，給誰打電話也是白搭，人我們必須帶走！」

「別嚷！」

段青青呵斥了他一句，拿出電話猶豫了片刻，撥了個號碼，說沒幾句就直接把電話塞給瘦員警，「你自己跟他說。」

「喂，你誰呀？」

瘦員警不耐煩地問了一句，然後馬上就下意識地彎下了腰，滿臉陪笑道：「您好您好，是是我知道您，我還聽過您的報告呢。」

王小軍湊到段青青身邊小聲問：「找的誰？」

「我爺爺的一個老部下。」

那邊瘦員警看段青青的眼神已經由不屑變得諂媚，但他明顯不想得罪人又怕事後擔責任，硬是把事情的大致經過說了一遍，電話那頭仍舊是簡潔的幾句話，瘦員警無奈道：

「好好……可是……好好，我知道了，您早點休息吧。」

然後雙手把電話還給段青青，臉上終於有了笑：「看來我們之間有一些誤會。」

段青青懶得搭理他，對王小軍道：「你幹你該幹的事兒去。」

王小軍衝她眨眨眼道：「你知道我們要去幹啥吧？」

「廢話！」

王小軍摟著胡泰來和唐思思道：「咱們走吧。」

霹靂姐和藍毛追上來道：「師父，我們也去！」

王小軍瞪眼道：「你們幹嘛，回家睡覺去！」

「不行，你們非帶著我倆不可！」

王小軍道：「老胡，你決定吧。」

胡泰來沉吟片刻道：「你們可想好了，也許這次去了還跟白天一樣。」

「我們不怕！」

胡泰來眼裡閃過一絲欣慰，爽朗道：「那就走！」

這五個人勾肩搭背浩浩蕩蕩走向門口，段青青把他們送出來，趁人不注意把張小紙條塞給王小軍道：「這是對方的地址，電話也有。別跟蒼蠅似的亂撞。」

王小軍一笑道：「看來你想對付他們不是一天兩天了。」

「別扯這些了，我還有句話要對你說。」

「讓狗屁門規閃一邊去——」王小軍道：「如果你要跟我說的是這個的話。」

「我不跟你說門規。」段青青道：「我爺爺肯定很快就會知道咱們幹的事，所以我想說的是，你不但得打贏，還得速戰速決！」

王小軍笑道：「我儘量。」

段青青點頭道：「這事兒完了以後，咱倆就等著被倆老頭剝皮吧。」她扭頭對胡泰來道：「老胡，原諒我不能跟你們一起去，髒活累活你讓王小軍幹就行了。」

胡泰來微笑道：「多謝多謝，你做的已經夠多了。」

王小軍打個響指道：「誒，就這樣吧，我們走了。」

「等等。」

段青青從車裡拿出一件外衣給霹靂姐披上道，「把你的『背心』扔了吧，給我威風點，打個痛快架！」

霹靂姐的衣服被人撕掉兩隻袖子，果然像件背心一樣。

王小軍揮揮手，帶著眾人就要走。

瘦員警和胖員警在他們身後不疾不徐地跟了半天，驚恐地對視了一眼，瘦員警支吾道：「喂，你們這是要去哪兒啊？」

倆人眼見王小軍他們過了馬路，急忙要往車裡鑽。

段青青從容不迫地把車鑰匙扔進車裡，關上門，向他們招手道：「警察同志，我要報警！」

「呃，你怎麼了？」瘦員警這會兒可不敢輕易得罪段青青了。

段青青道：「我鑰匙鎖車裡了，你們能不能送我回去？」

「你……可是我們還有公務。」

段青青面無表情道：「天這麼黑，我害怕。」

瘦員警看著王小軍他們走遠，咬著牙道：「要不我們幫你叫輛車送你回去？」

「不行！」段青青堅持道：「這麼晚了，萬一我出什麼事怎麼辦？警察不就是為人民服務的嗎？」

「可是……」

段青青道：「是不是非得我『暈倒』，你們才管我？」她擠擠眼睛道：「你們送我回去也是公務，我會為你們證明的。」

兩個員警面面相覷，最後苦笑一聲，拉開警車的車門道：「走吧，姑奶奶。」

在路上，唐思思問王小軍：「你剛才說在想事情，是不是在想你們鐵掌幫的門規？」

「不是。」王小軍道：「我在想該怎麼找這幫孫子，還好青青雪中送炭，就是我怕他們這個時間都不在。」

藍毛道：「那我們就找著多少算多少，給他來個各個擊破！」

王小軍瞟了她一眼道：「記住，師叔打架從來不玩各個擊破──」

他拿出段青青給他的那張紙條，按著上面的號碼打過去，在有人應答以後，他慢條斯理地說：

「你好，我是鐵掌幫的王小軍，我現在要去踢你們的場子，步行大概需要半個小時，所以給你半個小時的時間召集人馬。」

最後他咬牙切齒地補充了一句，「尤其是白天到過鐵掌幫的人，一個也不許少！」

請續看《這一代的武林》貳 街霸秘笈

這一代的武林 壹 決戰前夕

作者：張小花
發行人：陳曉林
出版所：風雲時代出版股份有限公司
地址：10576台北市民生東路五段178號7樓之3
電話：(02) 2756-0949
傳真：(02) 2765-3799
執行主編：朱墨菲
美術設計：吳宗潔
行銷企劃：林安莉
業務總監：張瑋鳳

初版日期：2019年1月
版權授權：閱文集團
ISBN：978-986-352-661-2

風雲書網：http://www.eastbooks.com.tw
官方部落格：http://eastbooks.pixnet.net/blog
Facebook：http://www.facebook.com/h7560949
E-mail：h7560949@ms15.hinet.net
劃撥帳號：12043291
戶名：風雲時代出版股份有限公司

風雲發行所：33373桃園市龜山區公西村2鄰復興街304巷96號
電話：(03) 318-1378
傳真：(03) 318-1378
法律顧問：永然法律事務所 李永然律師
北辰著作權事務所 蕭雄淋律師

行政院新聞局局版台業字第3595號 營利事業統一編號22759935

定價：280元　　特惠價：199元

國家圖書館出版品預行編目資料

這一代的武林 / 張小花著. -- 初版. -- 臺北市：風雲時代,2018.12-　冊；　公分

ISBN 978-986-352-661-2（第1冊；平裝）

857.7　　107018081